나는 매일 새로운 항해를 시작한다

나는 매일
새로운 항해를
시작한다

한성진 지음

항해사에서 외교관까지,
계속되는 나의 인생 항로

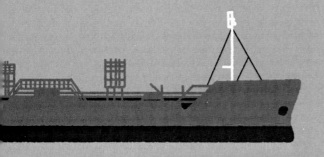

산지니

프롤로그

1990년 6월 무덥던 어느 여름날, 나는 미국 미시시피 강변 소재 도시인 배턴루지(Baton Rouge)에서 비장한 각오로 뭍에 첫발을 내디뎠다. 약 3년 반 동안의 바다 생활을 접고 뭍에서 새로운 삶을 시작하기로 한 것이다.

아직도 배에서 내릴 당시의 기억이 생생하다. 당시 선장님과 동료 직원들은 미시시피 강둑까지 내려와, 10만 선원을 대표하여 바다에서 뭍으로 상륙하는 나의 앞날에 건강과 행운이 함께하길 진심으로 기원해 주었다.

나 또한 인사말을 통해 다음 세 가지 경우를 제외하고는 그 어떤 경우라도 다시 배를 타지 않으리라 약속했다. 첫째 여행 목적으로 탈 때, 둘째 선주 자격으로 탈 때, 마지막 천재지변 등 비상사태에 따른 위기탈출의 수단으로 배를 타야 하는 경우를 제외하고 말이다. 배에서 내린 지 어언 30여 년이 지났지만 나는 아직도 그 약속을 지키며 살아가고 있다.

나는 매일 새로운 항해를 시작한다

나는 이 책을 쓰며 내가 바다로 간 이유, 바다를 떠나 뭍으로 나오는 과정, 그리고 뭍에서 정착하는 동안 직접 느끼고 겪었던 일들 가운데, 독자분과 공유하고 싶은 내용을 하나하나의 에피소드로 만들어 보고자 했다. 그러니 골치 아픈 내용은 없을 것이다. 독자 여러분들이 이 책을 읽는 동안만이라도 스트레스와 무료함으로부터 조금이나마 자유로워지길 바란다.

차례

1장

항해사 시절

아! 바다대학

나는 한때 육군사관학교를 목표로 한 적이 있다. 물론 당시는 출신지역, 학교 및 빈부격차 등을 떠나 육사에 꿈을 둔 학생들이 많던 시절이었다. 우리 학교에서만 육·해·공 3군 사관학교에 지원한 학생이 약 70~80명이나 될 정도였으니 말이다.

그때 울산지역 수험생은 부산에서 1차 필기시험을 쳤고 부산병무청에서 합격자 발표를 했다. 1차 합격자 발표 당일, 나는 작은형과 함께 부산으로 내려가 두근거리는 마음으로 벽보를 확인했으나 내 수험번호는 보이지 않았다.

게다가 며칠 후 실시된 학력고사에서 갑자기 터진 코피로 당황한 나머지 수학 몇 문제를 연필 굴리기에 의존했더니 성적이 예상보다 상당히 낮게 나오는 바람에 속칭 명문대학에서 갈 수 있는 학과가 적었다. 그래서 나는 평소 생각대로 특수목적대학 진학을 고민하기 시작했다. 당시 특수목적대학 가운데 내 학력고사 점수로 입학을 할 수 있었던 곳은 한국항공대학과 한국해양대학 정도였다. 나는 두 대학을 비교 검토했다. 전자는 사립대학이고 후자는 국립대학이었다. 졸업 후 취업문제도 검토했다. 학비, 생활여건 및 향후 취업 등 여러 측면에서 한국해양대학이 유리했다. 나는 한국해양대학 진학을 결심하고, 직장에서 근무 중이시던 아버지께 전화를 걸어 딱 한 가지 질문을 했다. "아버지! 간판 따러 갈까요? 아니면 가고 싶은 대학 갈까요?" 아버지의 대답은 간단하고 명쾌했다. "너 가고 싶은 데 가라."

나는 그래서 한국해양대학교 항해과에 진학했다. 진학 후 알게 된 사실이지만 우리 작은아버지와 큰형도 한국해양대를 가고 싶어 했단다. 작은아버지는 당신이 이루지 못한 꿈을 조카가 대신 이루어줘서 정말 기쁘다는 반응이셨다.

당시 병석에 누워 계시던 할머니께도 대학 입학사실을 알렸다. 할머니 반응은 이랬다. "야야! 비싼 돈 들여서 바다대학은 왜 가려고 하느냐?" 내가 원했던 한국해양대는 할머니께 고작 바다대학이었다.

나는 대학입학 신체검사 때 잘못하면 불합격될 뻔했다. 신체검사는 그해 겨울 항해학과 학사동에서 실시되었는데 학교가 바다 한복판에 위치해서 그런지 매우 추운 편이었다. 더군다나 그때는 요즘처럼 난방 시스템도 잘 되어 있지 않아 팬티 차림으로 덜덜 떨며 복도에서 서너 시간을 기다려야 했다.

그날 처음 만난 사이였지만 수험생들끼리 추위를 이기기 위해 삼삼오오 모여 신체검사와 관련한 이런저런 대화를 나누었다. 그런데 한 수험생이 자기는 평소 혈압이 높게 나와 미리 안정제를 복용하고 왔다면서 필요한 사람들에게 한 알씩 주겠다고 했다. 난 큰 고민 없이 어쨌든 도움이 되겠지 싶어 한 알 받아먹고 신체검사에 임했다. 다른 종목은 다 정상인데 오히려 안정제 효과를 기대했던 혈압이 합격기준보다 훨씬 높게 나왔다.

나는 그때 혈압만 서너 번 다시 재었고, 이거 떨어지는 게 아닌가 하고 엄청 걱정했다. 다행히 신체검사는 통과했다. 지금도 그 알약이 어떤 역할을 했는지 잘 모르겠다.

대학입학이 최종 결정된 그다음 해 초, 우리는 기초 군사 훈련을 받았다. 훈육관들은 주로 대학 선배인 해군 장교와 해군해병대사관후보생(OCS) 장교 출신들로 구성되어 있었다. 대학 선배 간부들도 훈육에 관여했는데, 그들은 훈육이란 명분으로 우리들을 정말 힘들게 했다.

동서고금을 막론하고 모두 비슷비슷하겠지만 훈련기간은

늘 춥고 배고프고 힘들다. 훈련의 종류도 제식 훈련, 극기 훈련, 단합 정신 고취 훈련 등 다양했다. 훈련 중간중간 몽둥이찜질과 같은 얼차려도 빠지지 않았다. 대연병장에서 실시되는 훈련 중간중간 주어지는 5분 휴식시간이 정말 꿀맛이었는데 그 짧은 시간 우리들은 이런저런 이야기도 나누었고, 추울 때는 마치 병아리처럼 연병장 여기저기 옹기종기 모여 앉아 서로의 등을 맞대고 온기를 나누기도 했다. 각 기수들마다 나름의 애환과 자랑거리들이 있듯이 우리 39기도 못지않게 많은 추억을 쌓았다.

하지만 나의 대학 생활은 기대했던 것보다 만족스럽지 않았다. 지금 생각해 보면, 대학 생활 대부분을 멍한 정신과 공허한 마음으로 보냈던 것 같다. 대학 생활의 하루는 기상과 동시에 시작되는 아침구보였다. 기본이 태종대를 찍고 돌아오는 것이었고, 좀 더 긴 코스는 태종대를 찍고 영도 사격장을 거쳐 오는 것이었다. 구보거리는 5킬로미터에서 많게는 10킬로미터에 달했다.

기상하자마자 1~2시간을 구보로 힘을 빼다 보니 조식 후 수업에 참가할 때면, 난 늘 멍한 모습을 한 채 태종대 쪽을 바라보면서 터벅터벅 강의실로 내려가곤 했다. 그런 모습에 가끔 2, 3학년 선배들이 나를 4학년으로 착각하고 거수경례를 하곤 했다. 그래서 가끔 야단도 맞았고 침방(선배들의 호출)도 여러 번 당했다.

이러다 보니 대학 생활 시 나의 소원은 아주 단순했다. 일학년 때 소원은 무사히 이 학년이 되는 것이었고, 이 학년 때 소원은 삼 학년이 되는 것이었으며, 삼 학년 때 소원은 사 학년으로 올라가 무사히 졸업하는 것이었다. 나는 그렇게 살았다. 자연히 학업 성적은 최하위였다.

나는 그때 잠도 참 많았다. 우리는 각 강의 때마다 교수님이 강의실에 들어오면 "교수님께 경례"를 했는데. "교수님께 경례" 구호와 함께 숙인 머리와 눈꺼풀은 그 후로 올라오질 않았다. 그래도 교수님에 대한 예의상 머리를 숙이고 잘 수는 없어 가급적 머리와 허리를 꼿꼿하게 편 다음 눈을 감았다. 대학 시절 동기들로부터 가장 많이 들었던 말은 "성진아 수업 끝났다. 밥 먹으러 가자"였던 것 같다.

3학년이 되면 한 학기 동안 승선실습이 있다. 당시 우리 대학의 실습선 이름은 '한바다호'였다. 나는 1985년 전반기 승선실습을 하게 되었다. 버스만 타도 멀미를 하던 내가 아이러니하게도 하루 종일 롤링(Rolling, 좌우 흔들림)과 피칭(Pitching, 전후 흔들림)을 끊임없이 해 대는 배를 타게 된 것이다.

승선실습 초기에는 주로 남해안, 동해안 등 우리 연안을 무대로 항해 실습을 했다. 대학이 부산에 소재하고 있어 주로 남해 연안에서 실습이 이루어졌고, 제주도, 진해 등지도 들르곤 했다. 동해바다 실습 때는 울릉도 부근까지 갔던 기억이 있다.

학생들이 어느 정도 실습선에 적응하면 원양 실습을 떠난다. 우리 기수는 북미지역을 가게 되었다. 당시 항로는 부산항을 기점으로 일본 쓰가루 해협을 지나 알류샨 열도를 거쳐 미국 타코마, 캐나다 프린스루퍼트와 알래스카 앵커리지를 경유하여 부산으로 다시 돌아오는 긴 여정이었다.

부산항을 출발하고 난 며칠 뒤, 우리는 멀리 해안에서 비치는 아련한 불빛을 보면서 일본 쓰가루 해협을 빠져나갔다. 그리고 시작되는 알류샨 열도는 그야말로 장관이었다. 바다 위 끝없이 펼쳐지는 섬 하나하나가 하늘이 빚은 예술 작품이었다. 물범 등 해양 동물들도 자주 볼 수 있었다.

첫 기항지는 미국 서부 워싱턴 주에 위치한 타코마(Tacoma)였다. 이 도시가 내가 처음 밟은 미국 땅이다. 1989년 1월 1일부터 우리나라의 해외여행 전면자유화 조치가 도입되었으므로 당시 기준으로 제법 이른 나이에 외국 땅을 밟은 케이스였다. 타코마에서의 추억은 레이니어(Rainier) 국립공원 선물의 집에서 발견한 한국산 인형이었다. 요즘이야 우리 제품을 세계 여러 나라에서 쉽게 접할 수 있지만 그때는 흔치 않았던 터라 인형이 주는 느낌이 아주 남달랐다.

그리고 또 한 가지는 현지 우리 동포와의 만남이었는데, 조금 씁쓸한 이야기다. 우리 실습선이 특정 항구에 입항하면, 통상 우리 동포와의 만남, 실습선 오픈 등 2~3일에 걸쳐 다양한 행사를 갖는다. 그때 우리 동포들은 자녀를 동반하고 참석하기도 했는데, 특히 결혼적령기에 있는 자녀들과 함께 참석하는 경우가 종종 있었다. 그날도 여러 명이 자녀들과 함께 실습선 오픈 행사에 참석했는데, 그 짧은 시간에 인연을 맺는 동기들이 나타났다. 우리의 다음 목적지까지 미리 가 기다리는 여성도 있었고, 나중에 한국을 방문하는 사례도 여럿 있었다.

지금은 이해가 잘 되지 않을지 모르지만, 80년대만 해도 동포사회의 규모가 크지 않았던 일부 지역에서는 우리 동포 가운데 적절한 결혼 상대를 찾기가 쉽지 않았다. 또한 규모가 작은 동포사회에서는 특정인에 대한 좋거나 나쁜 소문이 빨리 전파되는 특성이 있어 결혼 상대를 찾는 데 더욱 어려움이 컸다. 그래서 그런지 그때는 신분이 분명한 해양대나 해군사관학교 실습선이 오면 동포사회 내에서 인기가 높았다고 한다.

다음 기항지는 캐나다 프린스루퍼트(Prince Rupert)였다. 이 도시는 태평양을 마주하고 자리 잡은 작고 아담한 해양 도시로 목재 수출 등 주로 벌크화물을 처리했던 항구도시로 기억된다.

이곳에서는 시내광장에서 현지 여학생들과 대화할 수 있었다. 작은 도시에 갑자기 400여 명에 달하는 제복 입은 동양인들이 넘쳐나자, 호기심 때문인지 거리에 시민들이 많이 모였고 자연스레 그들과의 대화도 이루어졌다. 대화의 주요 주제는 우리가 어느 나라에서 온 누구인가였다. 그런데 충격적인 것은 그들 가운데 한 명도 대한민국이라는 나라를 아는 사람이 없었다는 것이다. 나무 막대기로 땅바닥에 중국과 일본을 그린 다음, 그 가운데 우리나라를 그리고 알겠느냐고 물어보자, 그런 나라도 있느냐라는 반응이었다. 당시 우리의 위상이 그랬다.

원양실습 마지막 기항지는 조수간만의 차가 큰 미국 앵커리지(Anchorage)였다. 이곳에서는 미국에 이민 온 고등학교 후배를 우연히 만났다. 또 내셔널지오그래픽(National Geographic) TV 채널에서나 볼 수 있는 연어가 산란을 위해 고향으로 회귀하는 장관을 직접 목격할 수 있었다.

그 외에도 기억나는 것이 술과 약에 찌든 인디언들이다. 어떤 교민분의 설명에 따르면, 미국 정부가 원주민 사회 활성화를 위해 야심차게 펼친 정책의 부작용 중 하나가 역설적이게도 인디언 사회의 몰락이었단다. 지원정책 가운데 하나가 인디언 사회에 술과 담배거래 특례 부여였는데 그 제도가 오히려 그들을 병들게 했단다.

난 지금도 당시 내가 왜 한국해양대학을 선택했지 참 의아하다. 비록 특수목적대학을 가겠다는 마음은 정해져 있었지만, 평소 버스만 타도 멀미를 하던 내가 멀미의 대명사인 배를 평생 직업으로 선택하다니 말이다.

나의 첫 항해

항해사가 되기 위해서는 해기사 자격증을 취득해야 한다. 80년대는 매년 네 차례의 해기사 시험이 있었는데 나는 4학년이 되자마자 그해 첫 해기사 시험에 응시해 바로 합격했다. 그러나 문제는 그때부터 시작되었다. 가뜩이나 평소 공부에 관심이 없던 나는 첫 시험에 바로 합격하자, 공부와 더욱더 멀어졌다.

우리 학교는 저녁 순검(순찰점검)이 끝나면 고학년의 경우 대학 캠퍼스 내에서는 어느 정도 자유로운 생활을 할 수 있었다. 나는 동기들처럼 기숙사에서 시간을 보내기보다, 몽돌 해변에서 들리는 파도 소리를 친구 삼아 주로 학생회관 내에 있는 일본어 동아리방에서 시간을 보냈다.

그곳에서 향후 진로, 연애에 대한 고민도 했다. '항해사가 진정 나의 길인가?', '남들은 다 있는데! 내 반쪽은 어디에?' 등 다양했다. 그런 유치찬란했던 고민들이 나에게 부정적인 결과만 가져다준 건 아니었다. 우리 집 어느 구석에 처박혀 있을지 모를 이재옥 토플 책 표지 안쪽에는 고민이 그대로 남아 있지만, 나는 그때 세운 목표를 향해 지금도 한 걸음 한 걸음 꾸준히 나아가고 있다.

길게만 느껴졌던 대학 생활도 어느덧 종점에 다다랐다. 동기들은 소수였으나 졸업과 함께 해군 장교로 입대하는 그룹, 국내 해운회사에 취업하는 그룹 그리고 나같이 외국 해운회사에 취업하는 그룹 등 크게 3개로 운명이 나뉘었다. 나의 졸업성적은 형편없었지만 나는 그 당시 가장 급여가 좋은 회사 가운데 하나였던 해외선박(MOC, Maritime Overseas Corporation)에 배짱 지원했고 기적적으로 취업에 성공했다.

졸업한 지 채 한 달이 안 되어 승선 명령이 떨어졌다. 카노푸스(Canopus)호 3등 항해사였다. 나와 함께 승선 발령을 받은 직원은 갑판장(Bosun), 펌프맨(Pumpman) 등 갑판 및 기관실에서 일하는 일반선원 6명이었고, 비록 신규 직원이긴 하나 서열상 항해사인 내가 자연히 인솔대장이 되었다.

우리의 교대항구는 보스턴이었다. 우리는 각자 서울로 올라와 롯데호텔에서 하루를 묵고 그다음 날 지구의 반을 돌아 마침내 보스턴에 도착했다. 보스턴 공항에서 현지 에이전트가 우리를 맞이해 주었다.

우리 팀을 현지까지 안전하게 잘 인솔해 왔다는 안도감도 잠시, 유조선에서 오일 하역 펌프 운용업무를 담당하는 펌프맨이 '오늘 바로 승선하는지 아니면 호텔 휴식 후 승선하는지'를 에이전트에게 물어봐 달라는 것이었다. 중요한 질문이었다. 오늘 바로 승선한다는 것은 곧바로 업무에 투입된다는 것을 의미했기 때문이다.

펌프맨이나 갑판장의 경우, 적게는 수년에서 많게는 수십 년 이상 승선 생활을 해 온 베테랑이기에 영어실력이 나보다 훨씬 나을 텐데 인솔대장인 나에게 물어보란다. 나는 잠시 멈칫했다. 아! 이거, 어떻게 말해야 하지? 무슨 단어를 써야 하나? 주어, 동사, 목적어, 어순 배열은? 그러다 나는 결정했다. 'Hotel? or Vessel?' 내가 확실히 아는 2개 단어만 사용했다. 에이전트는 호텔로 간다고 했다. 나는 미니버스 뒤쪽에 자리한 직원까지 잘 들리도록 큰 목소리로 "지금 우리 호텔 갑니다"라고 알려줬다.

그 일이 있고 나는 정말 어이없게도 영어에 능통한 항해사로 인식되었고, 미국 소재 항구에 입항할 때마다, 국제전화에 어려움을 겪는 동료들의 도우미 활동을 했다. 지금 무슨 소리 하는 거냐? 라고 생각할지 모르나, 당시에는 미국에서 공중전화를 이용하여 국제전화를 하려면 그 절차가 다소 복잡했다. 25센트 동전을 넣으면 먼저 전화교환원과 연결되고

나는 매일 새로운 항해를 시작한다

그다음 교환원의 안내절차에 따라 일정액의 동전을 계속 투
입하면서 전화하는 방식이었다. 영어가 자유롭지 못할 경우,
국내 가족과의 간절한 전화 통화마저 쉽지 않았던 시절이었
기에 우리는 미국 항구에 도착하기가 무섭게 삼삼오오 짝을
지어 전화박스로 달려가곤 했다.

이와 같이 동료선원들의 전화 통화를 도와주다 보면 본의
아니게 사생활과 관련된 안타까운 사연도 접하게 된다. 일
례로 어느 선원의 경우 한국 시간으로 새벽 3~4시에 전화를
했는데, 부인 대신 딸아이가 전화를 받았다. 그 동료는 '너희
엄마 바꿔라'고 했으나, 딸아이는 '엄마 시장 가셨다'라고 하
는 것이었다. 곁에 서 있던 나는 민망해서 어찌할 바를 몰라
했다. 이와 같은 일들이 반복되면 될수록 하루빨리 새로운
길을 개척해야겠다는 나의 의지 또한 더욱 굳건해졌다.

3등 항해사

　내가 첫 번째로 승선한 배인 카노푸스호(영어식 발음은 캐노퍼스)는 천체의 용골자리 1등성 별에서 따온 이름이다. 이 배는 석유제품, 즉 우리가 흔히 알고 있는 휘발유, 경유, 등유, 항공유 등을 전문적으로 운송하는 약 3만 톤급 운반 유조선(Oil Product Carrier Tanker)이다. 당시 우리는 주로 베네수엘라, 콜롬비아와 같은 중남미 산유국에서 제품을 싣고 미국, 캐나다와 영국, 네덜란드 등 북미와 서유럽국가로 운송하였다.

　우리 선원들의 하루 업무는 항해사의 경우 1등, 2등, 3등 항해사가 돌아가면서 오전, 오후 4시간씩 하루 2번 교대로 당직을 선다. 예를 들면 3등 항해사의 경우, 오전 8시부터 12시까지 그리고 오후 8시부터 12시까지 하루 8시간 근무하는 방식이다.

　당직은 크게 항해 중일 때와 하역작업 중일 때로 나누어 볼 수 있다. 항해 중일 때는 선박의 안전 운항을 위한 모든 조치를 하고, 항해일지를 기록하며 그리고 여타 관련 업무를 한다. 입출항과 하역작업 시에는 당직이 2교대로 전환된다. 유조선은 일반 벌크선과는 다르게 모든 하역작업을 본선 직원들이 직접 한다. 왜냐하면, 유조선의 경우 화물 자체가 폭발성과 인화성이 강한 위험물질이고, 하역장비도 특수하기 때문에 평소 선박 전반의 특성을 잘 파악하고 있는 본선 직원이 할 수밖에 없다.

또한, 하역작업은 환경오염 사고 예방 측면에서도 매우 긴장되는 시간이다. 특히, 미국 연안은 미국 해양 경비대(US Coast Guard)가 상시 모니터링하고 있어 천재지변을 위요한 각종 환경오염 사고, 선박 및 선원들의 안전사고 예방에도 긴장의 끈을 놓지 말아야 한다. 한 번은 미국 남부지역 소재 항구에서 하역 중 갑자기 시작된 열대성 집중 호우(스콜)로 인해 본선 갑판에 빗물이 넘쳐나기 시작했다. 순식간에 일어난 일이라, 전 직원이 기름흡수포를 들고 이리저리 쉴 새 없이 뛰어다니며 기름띠를 닦던 기억이 아직도 잊히지 않는다.

그다음 사건은 어느 따뜻한 봄날에 일어났다. 그날 우리는 대서양을 가로질러 유럽으로 향하고 있었다. 그런데 우리 배 수 마일 앞에 큰 배 하나가 나타났다. 나는 바로 레이더와 자이로를 활용하여 상대 배를 모니터링해 나갔다. 모니터링 결과, 그 상대 선박이 기존 속도와 방향을 그대로 유지할 경우, 우리 배 우현을 가까스로 스쳐 갈 것이었다.

비록 충돌은 하지 않겠지만, 양 선박 간 이격 거리가 너무 짧았기에 국제 항행 규정에 따라 우리 배의 붉은 등을 바라보고 다가오는 상대가 변침하는 것이 마땅했다. 나는 혹시 마주 보고 다가오는 선박의 당직자가 잡무를 보느라 미처 우리 배를 인지하지 못했을 수도 있다고 판단하고, VHF(초단파)로 상대를 호출해 볼까도 생각했으나 당분간 상대선의 항적을 계속 모니터링해 나가기로 했다. 아니나 다를까, 상대선 당직 항해사가 그제야 상황을 파악했는지 선교 우현 윙에서 우리 배를 열심히 모니터링하기 시작했다.

당시 갑판에서 작업에 열중하고 있던 1등 항해사를 비롯한 우리 선원들도 이 상황이 걱정되었는지 나에게 워키토키로 연락을 해왔다. 선장님께서도 상황보고를 받고 선교로 올라오셨는데, 나는 자신 있게 상대선이 우리 우현으로 안전하게 통과할 것이라고 보고했다. 선장님께서는 별다른 말씀은 하지 않으셨지만 긴장된 모습이었다.

다행히 실제 비상상황까지 발전하진 않았지만, 어느 쪽이든 조금만 양보했으면(물론 상대가 변침했어야 했지만) 서로가 서로에게 놀라는 일은 발생하지 않았을 텐데, 양측 모두에게 무익했던 자존심 대결로 짧은 시간이 아주 길고 긴박하게 느껴졌다. 그 일이 있고 선장님은 나에 대한 믿음이 생겼는지 특별한 일이 없는 한 당직시간에 선교에 나타나지 않으셨다.

지금 생각해 보면, 처음부터 유조선을 타게 된 것이 행운이었다. 원유나 석유제품을 수송하는 유조선은 특수선으로 분류되어 배울 것이 많았고, 보수도 일반선박보다 후한 편이었다. 또한 유조선 터미널이 도심에서 멀리 떨어진 외딴 곳에 위치하고 있어 유흥으로 인한 낭비 없이 매달 보수 전액을 부모님께 송부해 드릴 수 있었다.

첫해 승선을 무사히 마치고 휴가를 얻어 귀국했다. 동네 친구들과도 오래간만에 만나 이런저런 이야기로 밤을 새웠다. 그러던 중 친구 한 명이 질문을 했다. "성진아 밤에도 배가 가나?"

그래! 칠흑같이 어두운 밤에도 배는 간다. 태풍, 허리케인, 윌리윌리, 사이클론으로 집채 같은 파도가 삼킬 듯이 덮쳐도 배는 간다. 이들로부터 예상되는 피해가 가장 적은 항로를 찾아 무소처럼 나아간다.

내가 아는 한 우리 동네에서 바다대학을 다닌 사람은 내가 처음이다. 그래서 그런지 고향친구들은 배와 선박 생활에 궁금한 점이 제법 많았다. 그 가운데 하나가 바로 "밤에도 배가 가나?"였다. 아마도 해상 업무 종사자들도 육상에서 사는 사람들처럼 밤에는 휴식을 취하지 않을까 싶었을 것이다.

선상 생활은 군대 생활과 비슷한 면이 있다. 전방 철책선 군인들이 언제 적이 쳐들어올지 몰라 24시간 365일 불침번을 서듯 우리도 언제 어떤 사고가 일어날지 모르기 때문에 눈과 귀와 같은 오감과 레이더 무선통신 등 첨단장비를 모두 동원하여 당직을 선다. 특히, 카리브해나 멕시코만의 경우 요트, 해상 구조물, 어선 등이 많아 항상 긴장을 하고 항행한다.

또한, 선상에서는 당직이 끝났다고 해서 나머지 시간을 온전히 자신을 위해 쓸 수 없다. 자기 당직 이후에는 갑판 수리, 소화 장비 정비와 같은 각자에게 주어진 부가 업무를 수행해야 한다. 나는 3등 항해사 시절 갑판 요원들과 함께 갑판 녹 제거, 방청도료 칠하기 등을 하면서 일을 배웠다. 선박의 주재료가 철판이고 주 활동 무대는 소금기 가득한 바다 위다 보니 자연히 갑판 여기저기 녹이 많이 피었고, 우리는 시간이 날 때마다 선박 유지보수 관리를 직접 했다.

선상작업을 함께하면서 선원들과 어울리다 보면, 자연히 각자 살아온 이야기를 나누게 되는데, 듣다 보면 기구한 인생도 억울한 인생도 그리고 영웅담도 있다. 그런데 몇 달만 지나고 나면, 이야기가 계속 반복된다는 것을 느낄 수 있

나는 매일 새로운 항해를 시작한다

다. 그래도 그때까지는 이해해 줄 만하다. 그런데 그런 생활을 2~3년 하다 보면, 자기도 모르게 마치 자기가 선원 생활 20~30년 한 베테랑처럼 이런저런 이야기의 주인공이 되어 있기도 한다. 이것 참! 아이러니하다.

할리팩스에서 만난 저기압과
대서양 바람

　　나는 3년간의 승선 동안 기억에 남는 큰 저기
압을 세 번 만났다. 통상 저기압을 만나면 최소 2박 3일 정도
는 저기압의 직접적인 영향 아래 놓이게 된다.

　우리 배가 캐나다 동부 항구도시인 할리팩스로 향하고 있
을 때였다. 통상 유조선 전용 항구는 화물 자체의 위험성과
비환경친화적 물질의 특성 때문에 도심지역과 10~20km 정
도 떨어진 외곽지역에 주로 위치한다. 할리팩스도 예외는 아
니었다.

　우리는 입항 후 하역시간에 짬짬이 시간을 내어 바다낚시
를 했는데 낚싯대를 던지기가 무섭게 낚시 바늘 수만큼 물
고기들이 주렁주렁 낚여 올라왔다. 세계 3대 어장 중 하나인
뉴펀들랜드 앞바다이다 보니 고기가 많았던 것 같다. 하지만
동료들과 함께 신나게 낚시를 하면서도 며칠 전 기상 예보로
접한 기상 상황에 대한 걱정이 가시지 않았다. 그 기상자료
에 따르면, 캐나다 서부에서 발달한 저기압이 캐나다 동부로

빠르게 다가오고 있었던 것이다.

우리 배가 하역을 마치고 항구를 빠져나와 대서양 큰 바다에 이를 때쯤 저기압의 직접적인 영향권에 들어갔다. 당시 3등 항해사였던 나는 저기압과 처음 조우하게 되어 걱정이 앞섰다. 첫날 당직시간에는 선장님께서 직접 선교에 올라오셨다. 3등 항해사가 어떻게 업무를 소화해 나갈지 걱정이 많이 되셨던 모양이었다. 다행히 첫날은 파도가 예상보다 높지 않고 바람이 세게 불지 않아 당직을 기대 이상으로 소화하였던 것 같다.

문제는 다음 날 발생했다. 우리 배는 점점 저기압의 중심으로 빨려 들어갔다. 당연히 우리는 밸러스트 탱크(Ballast Tank)만 채운 채로 출항했기 때문에 높은 파도와 바람에 그 어느 때보다 롤링과 피칭을 심하게 했다.

우리는 파도와 바람의 방향을 갈음하기 위해 갑판 위의 모든 불을 켰다. 엄청난 높이의 파도와 바람이 우리 배를 덮쳤다. 말 그대로 집채만 한 파도가 우리 배의 선수를 내려치고 그다음 선교까지 때릴 때면 나도 모르게 '야! 이거 정말!'이라는 말이 나왔다. 그러나 나는 전 직원의 생명과 재산을 담당하는 당직사관으로서 두 눈을 부릅뜨고 그 파도를 헤쳐나갔다.

선박이 집채만 한 파도와 싸워 이기기 위해서는 항해사가 엔진과 조타기를 제때 적절히 사용할 줄 알아야 한다. 그중에서도 중요한 게 엔진 사용 타이밍과 속도다. 그 당시 나는 엔진 사용 타이밍을 놓치는 바람에 우리 배가 파도에 휩쓸려 좌현으로 거의 30도 이상 기울어졌다. 선장님께서 바로 전화를 주셨고, 나는 엔진 쓰는 타이밍을 놓쳐 배가 크게 기울게 되었다고 사실대로 보고했다. 다음 날 알게 된 사실이지만, 그날 저녁 몇몇 선원들이 침대에서 떨어지기도 했단다.

사실 아무리 큰 배도 태풍과 같은 저기압 앞에서는 한 조각의 조약돌에 불과하다. 요즘은 유튜브 등에서도 파도를 헤쳐 나가는 배를 담은 비디오를 쉽게 접할 수 있다. 그러나 그것은 저기압에 들어간 배와 비교도 되지 않는다. 정말 대단하다. 배의 길이가 300미터가 넘고, 높이도 아파트 15층 정도 되는 원유운반선이 파도의 깊은 골에 빠지게 되면 정말 무섭고 위험하다. 뱃머리가 바다 물속으로 쑥 들어갔다 수 초 후 하늘을 향해 높이 솟구치며 올라간다. 그리고 다시 내려오면서 바다 표면과 크게 부딪친 후 뱃머리는 다시 바다 물속으로 들어가는 일을 수 시간에서 수일을 반복해야 겨우 저기압의 영향권에서 빠져나올 수 있다. 지금 생각해 보면 매 항차가 그야말로 다이내믹했다.

태풍, 치맛바람, 여론바람, 정치바람 등과 같이 쓰임새에 따라 그 뜻과 해석을 달리하는 바람도 내게 강렬한 인상을 주었다.

어느 해 겨울, 우리 배는 기름을 가득 싣고 캐나다 동부지역으로 향했다. 당시 외기 온도는 영하 20도 이하여서 말 그대로 살을 에는 추위였다. 그때 우리 배는 만선 상태라 파도가 갑판 위까지 쉽게 덮쳤고, 그로 인해 갑판 위 스팀라인을 제외한 대부분의 파이프라인이 마치 막대 아이스크림처럼 꽁꽁 얼어붙었고, 그 무게만 자그마치 700톤이 넘었다.

우리 배는 스모 선수처럼 무거운 상태로 입항하여 2박 3일 기간의 하역작업을 마치고 다시 나는 새처럼 가벼워진 몸으로 중남미의 어느 산유국 항을 향해 출항하였다. 그러나 추위로 인해 얼어붙었던 얼음들은 여전히 갑판 위에 가득했고 우리 배가 대서양 초입에 들어설 때까지도 녹지 않았다. 그러다 대서양에 진입한 지 채 하루도 지나지 않아 말끔하게 사라지고 없어졌다. 그 이유는 바로 대기온도 상승과 바람 때문이었다. 그러나 단순히 대기온도가 상승한다고 해서 얼음이 바로 녹지는 않는다. 우리가 냉장고 냉동실에 깡깡 얼어붙은 고깃덩어리를 꺼내서 더운 수돗물로 녹이려고 함께 두면 들러붙는 것과 같이 단순히 온도가 높아진다고 해서 얼음은 쉽게 녹지 않는다. 얼음을 녹이는 힘은 바로 일정 온도를 품은 바람에 있다.

우리네 인생도 여러 번 다양한 바람을 맞는다. 순풍과 역풍이 어떤 때는 교대로, 어떤 때는 한꺼번에 불어닥치는 경우도 있다. 순풍이 불 때 좀 더 열심히 노를 저어 목표하는 지점을 향해 나아가야 한다. 물론 쉽지 않다. 바람의 힘이 약해서, 자신의 의지가 결여되어서, 체력이 약해서 등 그 이유는 백만 가지 이상이다. 가장 안타까운 건 우리는 그것이 순풍인지 역풍인지도 인지하지 못한 채 지나칠 때가 많다는 것이다.

자신의 꿈을 이루기 위해서는 언제 어디서 어느 방향으로 불지도 모를 바람을 자신과 공동체를 위해 잘 활용할 수 있도록 늘 깨어 있어야 한다.

선창 세척과 라이터링

원유의 종류는 크게 비중, 함량, 성상에 따라 분류되는데 자연히 그 분류 기준에 따라 불리는 이름도 다양하다. 예를 들면 중질원유, 경질원유, 고유황원유, 저유황원유, 나프텐기원유(아스팔트기원유), 파라핀기원유, 혼합(중간)기원유 등이다.

다양한 종류만큼이나 각 화물의 특성에 맞는 수많은 관리방법이 있다. 그래서 전 항차에 실었던 제품의 일부가 선창 내에 남아 있을 경우 오염 사고를 일으킬 수 있으므로 하역작업 후 반드시 공해상에서 선창(Cargo Holds)을 세척해야 한다.

통상 유조선이 입항하면 대략 2일 동안 하역작업을 한다. 근무시간이 3교대에서 2교대로 바뀌며 업무의 강도가 높아지는 것에 더하여 하역(Loading and Discharging)을 할 때면 기름에서 발생하는 가스 때문에 잠을 잘 청할 수가 없었다. 오일가스는 사람의 신경을 건드려 치아, 시력, 머리카락 및 그

외 사람의 건강상태에도 직접적 영향을 미치기 때문에 유조선을 장기간 승선한 선원들의 건강상태는 그리 양호하지 못하다. 나의 경우, 특히 치아건강에 문제가 많았다.

이런 어려운 환경에서도 우리나라 선원들의 하역 전문성과 우수성은 널리 알려져 있다. 특히 유조선 등 특수선에 승선한 우리나라 선원들은 그 어느 나라 선원들보다 하역작업에 능숙하다. 선사의 입장에서는 하역작업 전후 화물량의 차이가 거의 없어야 한다. 그렇지 않으면 화주로부터 클레임을 받을 수 있기 때문이다. 우리나라 선원들은 뛰어난 하역 기술로 전후 화물량의 차이가 적었다.

우리는 선창 세척 후 당직사관과 선원들이 팀을 구성하여 아파트 7~8층 높이의 선창 바닥까지 내려가 세척 정도를 체크했는데 그럴 때 예상치 못한 가스 사고가 발생하기도 했다.

한 번은 탱크 세척을 마치고 세척 상태를 점검하던 중 선원 한 명이 가스에 중독되었다. 그는 가스 중독에 의한 환각 작용으로 작업용 무전기(Walkie-Talkie)를 다이얼 전화기로 착각했던지 무전기 선을 빙글빙글 돌리면서 고향에 있는 가족과 전화를 하고 있었다. 우리는 사태의 심각성을 바로 인지하고 그 선원을 가장 안전하고 빠른 방법으로 선창 밖으

나는 매일 새로운 항해를 시작한다 〰〰〰

로 탈출시킬 방법을 생각했다. 그런데 그 선원은 몸이 장대했고 선창 내 계단은 겨우 한 사람이 움직일 수 있는 크기로 협소할뿐더러 경사가 커 여럿이 한꺼번에 도움을 주기가 어려웠다. 그래서 나이로 보면 우리 중 최고령이었으나 체격 조건이 가장 좋았던 갑판장이 업고 우리가 앞뒤로 거들면서 겨우겨우 선창을 빠져나왔다.

평소 우리는 탱크 세척 상태를 점검하기 위해 탱크 안으로 들어가기 전 충분한 가스프리(Gas-free) 작업과 가스 안전도 체크 등 안전한 근무환경 확보에 최선을 다한다. 그러나 세계적으로 우수하다고 평가받고 있던 우리들에게도 이러한 안전사고는 찾아왔다. 그 이유는 간단했다. 바로 안전불감증이었다. 평소에도 그렇게 작업했으나 별일이 없었고 착용 시 작업에 불편하다는 이유로 필수 안전장비인 산소통을 매지 않았기 때문이다.

하루하루를 살아가면서 새록새록 느끼는 사실이지만, 우리의 삶과 미래는 정말 우리 하기에 달렸다. 그리고 그 소중한 것들은 스스로 원칙을 지킬 때만 그 가치를 향유할 수 있다.

해상업무에서 라이터링(Lightering)이란 선박의 무게를 가볍게 하기 위해 해상에서 다른 선박으로 화물을 옮겨 싣는 행위를 뜻한다. 특히 대형 원유운반선(VLCC-Very Large Crude Oil Carrier)이나 초대형 원유운반선(ULCC-Ultra Large Crude Oil Carrier) 등은 홀수가 커 전 세계에 입항이 가능한 항구가 그리 많지 않다. 그래서 대형 또는 초대형 원유운반선이 중동에서 원유를 가득 싣고 아프리카 희망봉을 거쳐 북미지역까지 오면, 내가 타던 10만 톤급 유조선이 그 원유를 수차례에 걸쳐 환적하여 내륙 깊숙이 위치하고 있는 정유사나 또는 접안이 가능한 원유 전용 부두까지 실어 날라야 했다.

내가 배를 타는 동안 가장 하기 힘들었던 일 가운데 하나가 바로 이 라이터링이었다. 뉴욕 본사로부터 라이터링 명령이 떨어지기라도 하면, 갑자기 뒷덜미가 뻐근해지면서 스트레스가 확 몰려왔고 앞으로 적게는 4~5일, 많게는 보름 정도는 죽었구나! 하는 생각이 들었다.

육상에서 달리는 차 두 대를 붙이기도 쉽지 않을진대, 파도로 1분 1초도 가만히 제자리에 있지 않고 롤링과 피칭을 해대는 배를, 그것도 크기가 엄청나게 차이가 나는 배를 서로 붙여 해상오염 사고 없이 원유를 안전하게 환적하는 작업은 정말 쉬운 일이 아니다. 그러다 보니 라이터링을 위해서는 충분히 넓고 깊은 바다가 있어야 하며, 또한 당일 파고가 높지 않고 바람도 잔잔해야 한다.

나는 매일 새로운 항해를 시작한다

그럼 이제 어떤 방법으로 황소만 한 배에 송아지만 한 배를 안전하게 붙일 수 있을지 눈을 감고 상상해 보자!

헤비급으로 몸이 무거운 ULCC가 천천히 직진하고 있으면, 라이트급인 우리 배가 조심스럽게 큰 배로 다가간다. 그리고 두 배 간 간격이 좁혀지면 영화 〈캐리비안의 해적〉에 나오는 것처럼 선원 가운데 던지기에 자신 있는 사람이 무어링 로프(Mooring Rope)가 연결된 줄을 던져 상대 선박과 연결한다. 그런 다음 윈치(Winch)를 사용해 무어링 로프를 천천히 감아가면서 서로를 가까이 붙인다. 물론 배와 배 사이에는 예기치 않은 충돌이나 마찰로 인한 사고 방지를 위해 엄청난 크기의 고무 패킹이 설치되어 있다.

이렇게 두 배의 계류 작업이 끝나면, 원유 수송호스가 연결되고 이후 펌핑(Oil Pumping) 작업이 시작된다. 이후부터는 지난 2017년 9월 유엔 안보리가 북한의 6차 핵실험에 대응해 석탄과 정제유 등 북한의 금수 품목 밀수를 막기 위해 선박과 선박 간 이전(환적)을 금지하는 대북 결의 2375호가 채택된 이후부터 우리 뉴스에서 자주 등장하는 북한선박 불법 환적 장면과 비슷하니 이해가 쉬울 것이다.

돌고래 쇼와 바다낚시

대양을 항해하다 보면 다양한 바다 동식물과도 조우하게 된다. 그 가운데 돌고래, 바다거북, 물개 등 다큐멘터리 〈동물의 왕국〉에서나 볼 수 있는 동물들도 가끔 만난다.

그날 우리는 베네수엘라에서 석유제품을 가득 싣고 약 5일간의 항해를 한 다음, 우리의 목적지인 미국 동부 항구 도시 보스턴 입항을 앞두고 있었다. 파일럿 스테이션(Pilot Station)을 십여 마일 앞두고 조심스럽게 항구를 향해 접근하고 있는데 갑자기 레이더에 우리 배 정면을 마주 보면서 빠른 속도로 다가오는 특정하기 어려운 어떤 물체를 확인했다.

그 물체는 레이더에 잡혔다 사라지길 반복하면서 점점 우리 배를 향해 다가오고 있었다. 망원경으로 직접 확인해 보려고 하였으나, 그날따라 우중충한 날씨와 얇게 깔린 물안개로 그것마저도 여의치 않았다.

선장님께 상황을 보고하고, 바로 선교 윙으로 나가 관측을 계속했다. 그러다 제법 시간이 흐른 후 그 정체가 밝혀지게 되었는데 그것은 다름 아닌 돌고래 떼였다. 레이더에 잡혔다 사라지길 반복한 이유는 돌고래의 군무 점프로 발생한 잔상 때문이었다.

도대체 얼마나 많은 돌고래가 동시에 점프를 하면 레이더에 다 잡힐까? 그날 수백 마리의 돌고래가 배 옆에서 경주하듯 점프하면서 따라오던 장면은 정말 보기 드문 명장면이었다. 그런 장면만 보아도 내 마음에서는 아! 자연은 위대하다! 인간은 정말 미물에 불과하구나! 하느님 감사합니다! 라는 말이 절로 나왔다.

우리말 가운데 '그물이 찢어질 정도로 많이 잡았다', '입이 찢어질 정도로 좋아했다'라는 표현이 있다. 물론 사용처에 따라 그 표현이 내포하는 의미가 다를 수 있겠지만, 일반적으로 대단히 많은 양의 물고기를 잡거나 또는 헤아릴 수 없을 만큼의 기쁨으로 이해해도 무리가 없어 보인다.

나는 두 번의 바다낚시에서 앞의 표현에 비견될 만큼의 많은 물고기를 잡아 보았다. 첫 번째는 미국 미시시피강 하류와 멕시코만이 만나는 지역 부근에서 다음 항차를 대기하고 있을 때였고, 두 번째는 캐나다 뉴펀들랜드 부근 어느 항구에서였다.

내가 타던 배는 어업활동에 특화된 어선이 아닌 유조선이라서 항해 중 바다낚시를 할 기회는 거의 없었다. 그러나 아주 가끔씩 입항 순서를 기다리기 위해 묘박지에서 대기해야 할 상황이 발생하거나 하면 그때를 활용하여 바다낚시를 하곤 했다.

그날도 우리는 미시시피강 하구 부근에서 수일간 드리프팅(Drifting)을 하고 있었고, 당직을 마친 선원 가운데 서너 명이 낚시를 했다. 물고기가 얼마나 많았던지 낚싯대에 달린 낚시 바늘 수만큼 물고기가 물려 올라왔다. 심지어는 낚인 물고기를 잡아먹으려고 그 물고기를 물고 올라오는 경우도 있었다. 그날 저녁 선미 데크에서는 푸짐한 회 잔치가 열렸다.

그다음은 캐나다 뉴펀들랜드 부근 어느 유조선 전용부두였는데, 그곳도 붉은 농어처럼 생긴 물고기가 엄청 올라왔다. 그날만 그랬는지 아니면 무슨 다른 이유가 있었는지는 모르나 말 그대로 물 반 고기 반이었다. 우리는 정말 짧은 시간에 물고기 몇 자루를 잡아 주방장에게 전해 주었다.

이와 같이 오대양 육대주를 돌아다니면서 살다 보면, 정말 신기하고 희귀한 체험을 가끔씩 하게 되는데 그것은 그동안 누적된 피로와 스트레스를 한 방에 날리는 청량제와 같은 역할을 하기도 한다.

　승선 생활을 중도에 그만두었기에 이런 주장을 펼치기엔 염치가 없지만, 그래도 대한민국 남성이라면 한 반년 정도 승선 생활을 해 볼 것을 권한다.

새로운 세상으로
나아가는 꿈

　　스스로 바다대학을 선택하고 항해사가 되었지만 그 삶이 마냥 행복했던 것은 아니었다. 어릴 때 나는 무슨 이유에서였는지는 모르나 무조건 넓은 곳으로 떠나고 싶었다. 그래서 오대양 육대주를 누비는 항해사라는 직업을 갖게 되었으나, 내가 진정 바라던 그런 직업은 아니었다. 아! 그럼 어떡하지! 그때부터 나는 바다로부터 벗어나는 방법을 고민하기 시작했다.

　　지금도 진정으로 내가 바라던 직업이 무엇이었는지 한마디로 표현할 수는 없지만, 매일매일 새롭고 즐겁고 행복을 느낄 수 있는 직업이었으면 좋겠다 싶었다. 물론 그런 직업이 이 세상에 없다는 것은 잘 알고 있었다. 그래서 나는 고민을 거듭한 끝에 내 인생을 바꿀 수 있는 유일한 방법은 공부라는 결론에 도달했다.

　　유학을 결정한 다음, 나는 미국 소재 항구를 들를 때마다 그 도시의 유명 대학을 직접 찾아다니며 외국인 학생 입학부서의 연락처를 확보하였다. 그리고 그곳으로 편지를 보내기 시작했다. 편지 내용은 그리 복잡하지 않았다. '나는 선원으로 향후 기회가 되면 귀 대학에서 공부를 하고 싶다'는 내용이 전부였다. 약 3년간 수십 통 보낸 편지 중에 단 한 곳, 워싱턴주립대학교(Washington State University)로부터 입학안내서를 받게 되었다.

그렇게 유학의 꿈을 키우고 있던 어느 날, 그날도 우리 배는 베네수엘라에서 기름을 가득 싣고 미국의 어느 항을 향해 막 캐리비언 해역을 통과하고 있었다. 통신장이 선교에서 당직을 서고 있는 나에게 다가오더니, 아무 말 없이 내게 통신문을 내밀었다. 나의 인사발령 통신문이었다. 앞으로 21일만 더 승선하면 군 복무를 마치고 자유인이 될 수 있는데 말이다.

당시 한국해양대학 승선학과(항해학 및 기관학) 졸업생들은 해군 장교로 2년을 복무하거나 아니면 3년간의 의무승선을 해야만 했다. 나는 승선을 택했다. 그 이유는 간단했다. 이미 우리 집에 직업 군인이 한 명 있었기 때문이다. 비록 한때 사관생도를 꿈꿨으나 지난 4년간의 바다대학 생활을 통해 나는 나 자신이 얽매인 삶보다 자유로운 삶을 원한다는 것을 깨달았다. 그래서 나는 나의 길을 가기로 했던 것이다.

예상보다 빨리 온 인사발령에 아쉬움이 많았지만 나는 모든 것을 뒤로하고 귀국했다. 나중에 부모님으로부터 듣고 알게 된 사실이지만 나의 조기 인사발령의 원인은 아이러니하게도 나로부터 기인한 것이었다. 이야기인즉슨, 부모님께서 수개월 전 미국으로부터 편지를 한 통(워싱턴주립대학교 입학 안내서) 받으셨는데 온통 영어로 되어 있어 그 편지를 수도권에 근무 중이던 큰형에게 보냈고, 편지를 확인한 형은 우리 회사를 찾아가 동생이 유학 가야 하니 빨리 하선시켜 달라고 했단다.

만약 나의 짐작이 틀리지 않는다면, 우리 회사는 얼씨구나 잘됐다 싶어 바로 인사발령을 냈을 것이다. 당시 해기사들 사이에는 3년 의무복무 기간을 채운 후 바로 하선하는 경향이 뚜렷했다. 의무복무 기간을 다 채우기 전에 인사발령을 낼 경우, 1년을 더 승선시킬 수 있었기에 송출회사는 얼른 인사발령을 결정했을 것이다.

당시 우리들 사이에는 3년 의무복무 기간 완료 후 바로 배 생활을 청산하지 않을 경우, 평생 뱃사람으로 남을 확률이 높다는 인식이 지배적이었다. 그 이유는 여러 가지가 있겠지만 우선 당시 해기사 보수 수준이 국내 여타 전문직 평균 보수보다 월등히 높았다. 또한 해외여행자유화가 전격 도입되기 전이라 외국을 자유롭게 여행할 수 있던 몇 안 되는 직업 군 중 하나이기도 했다.

일반인들 가운데는 오대양 육대주를 넘나들면서 다양한 인종, 역사, 문물과의 접촉을 통해 견문을 쌓고 세계관을 넓 힐 수 있지 않을까라고 생각하는 사람이 있을 수도 있다. 그 러나 내 경험상 반드시 그렇지는 않다. 물론 나도 처음에는 여러 경험을 하며 발전했다. 그러나 승선 후 2~3년이 지나니 그 효과가 크게 감소한다는 것을 체감할 수 있었다.

나는 승선기간 동안 견문과 세계관을 태평양만큼 넓고 깊 게 키우기는커녕, 오히려 대자연의 웅장함에 압도되어 그저 무기력한 로봇과 같은 사람이 되어 버렸다.

새로운 삶을 찾으려는 나의 노력은 승선 3년 동안 계속되 었다. 그러던 어느 날 밤, 꿈에 산신령 같은 할아버지가 나타 나서 나에게 한마디를 남기셨다. 동으로 가라!

통상 개꿈은 꿈에서 깨자마자 잊어버린다. 그러나 자기의 삶에 영향을 끼치는 꿈은 꽤 오랫동안 마음속에 남기 마련이 다. 그 꿈을 꾼 지 얼마 되지 않아 나는 의무승선 기간을 다 채우지 못한 채 인사발령이 나서 휴가 길에 올랐고, 귀국 항 공편에서 우연히 한 광고를 마주하게 되었다. 그 광고는 다 름 아닌 '주한 헝가리 대사관'이 후원하는 헝가리어와 러시아어 어학연수생을 모집하는 내용이었다. 이 광고를 보는 순간 나도 모르게 온몸에 전율을 느꼈다. 그 이후로 어쩌면 내가 가야 할 길이 이 길일지도 모른다는, 그래서 러시아어를 배워야 한다는 생각이 마음속에 가득 찼다.

그해 휴가는 약 한 달 정도였고 매번 그랬듯이 별 계획 없이 혼자 집에 쭉 틀어박혀 지냈다. 그러던 어느 날 마침내 회사로부터 승선하라는 연락이 왔다. 나는 잔여 의무승선 기간 21일을 채우면 바로 사표를 제출하겠노라 의지를 다지며 다시 배를 탔다. 이번에도 유조선이었다. 주로 베네수엘라, 콜롬비아, 브라질 등에서 생산된 원유를 싣고 미국, 서유럽 국가로 운송하는 루트였다.

나는 대한남아로서 신성한 국방의 의무를 1990년 6월 대서양 한복판에서 마쳤다. 나는 미련 없이 그날 바로 사직서를 제출했고, 당시 통신장은 사직서 접수 즉시 선장님의 결재를 얻어 본부에 이를 타전해 주었다. 나는 미국 항에 도착하면 바로 하선할 심산이었다. 그러나 며칠 후 회사로부터 나를 대체할 선원 확보가 쉽지 않다면서 앞으로 한두 항차를 더 일해 달라는 회신이 왔다. 나는 어쩔 수 없이 그 후 약 한 달 반 정도 더 승선하다 하선했다.

나는 드디어 다시 자유인이 되었고 나만의 새로운 항해가 시작되었다.

나는 매일 새로운 항해를 시작한다

2장

기적처럼 이루어진
모스크바 유학

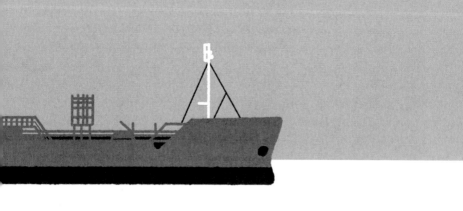

헝가리
데브레첸국립대학

     귀국하자마자 바로 울산시립도서관으로 향했다. 약 두 달 전 한국 휴가 길에 봐 두었던 헝가리 대학 유학 광고를 찾기 위해서였다. 그러나 막상 도서관 신문 스크랩 가운데는 해당 신문이 없었다. 나는 당황하지 않고 바로 도서관 사서에게 도움을 요청했고, 참으로 친절하게도 그 사서는 나를 신문보관 창고로 안내해 주는 등 관련 정보를 찾는 데 많은 도움을 주었다.

    창고를 한참 뒤진 끝에 해당 광고를 찾아내, 바로 담당 회사에 연락을 취했다. 그 회사는 제일 먼저 내가 여권을 가지고 있는지를 묻고는, 만약 여권이 없으면 2주 후 출발하는 어학연수단에 합류하는 것은 물리적으로 어렵다고 설명했다. 다만, 신속여권발급제도를 통하면 기한 내 가능할 수도 있다 하였다. 나는 망설임 없이 여권신청을 위해 서울로 향했다.

서울에서 여권을 발급받아 집으로 내려오던 날, 마침 아버지께서는 집 앞 미나리꽝에서 동네 형과 얘기를 나누고 있었다. 나는 아버지께 여권은 여하히 발급받았고, 며칠 후 헝가리로 유학을 떠나겠다고 말씀드렸다. 그런데 옆에서 가만히 듣고 있던 동네 형이 한마디 했다. "야 인마! 유학을 가려면 미국이나 영국, 그도 아니면 일본이나 프랑스는 가야지. 헝가리는 왜 가냐!" 나는 그다지 마땅한 말을 찾지 못했다. 내가 느낀 운명 같은 전율을 말로 표현할 수 없었다.

그로부터 삼 일 후, 나는 유학길에 올라 헝가리의 수도 부다페스트에 도착했다. 당시 우리와 함께 한국에서 출발한 유학생 수는 약 10여 명이었는데 그중에는 연세가 있으신 은행원도 한 분 계셨다. 그분의 최종 목적지는 폴란드였다. 우리는 하룻밤 부다페스트에서 머물면서 이런저런 이야기를 나누는 시간을 가졌었는데 그분이 떠나면서 나에게 남긴 말이 인상적이었다. '당신은 경상도 출신이니 다소 억세게 들리는 러시아어가 잘 맞을 것 같다'는 것이다. 동네 형에게 러시아어를 배우고 싶은 이유조차 제대로 말하지 못했던 내게 이말은 큰 힘이 되었다.

그다음 날 우리 팀은 헝가리 지방도시인 데브레첸(Debrecen)으로 이동했고, 그날 오후 데브레첸국립대학 기숙사에 도착하여 짐을 풀었다.

나는 평소 인사만 잘해도 80점은 받는다고 믿고 실천하는 사람이다. 나의 이런 믿음이 형성된 데에는 어린 시절 할머니의 영향이 컸다. 그 시절 할머니께서는 하루 열 번 같은 사람을 만나도 열 번 인사하는 것이 예의라고 가르치셨다. 그래서 우리 형제는 우리 동네에서 가장 인사도 잘하고 공부도 잘하는 착한 학생의 전형이었다.

이러한 믿음은 나를 실망시키지 않았다. 내가 아침저녁 인사를 드리던 기숙사 사감 할아버지께서 어느 날 나를 불러 세웠다. 내가 누구이며, 어디서 왔으며, 무엇 때문에 왔는지 꼬치꼬치 캐물으시더니, 헝가리에 유학을 왔으면 당연히 현지어를 알아야 한다고 하시면서 매일 저녁 방과 후 나에게 헝가리어를 가르쳐 주시겠단다. 그날부터 나는 언제 어떻게 써먹을지도 모를 헝가리어를 반강제로 배우기 시작했다.

할아버지는 매우 단호하셨다. 내가 조금이라도 꾀를 부릴라치면 바로 훈계가 시작되었다. 그 할아버지 덕분에 헝가리어뿐 아니라 역사, 문화 등에 대해서도 조금씩 알게 되었다. 헝가리인의 선조인 마자르 민족이 과거 알타이 부근에서 거주하다가 서진하여 지금의 헝가리 분지에 자리를 틀게 되었다는 사실과 언어가 우리와 같은 우랄알타이어 계통이라는 사실도 이때 알게 되었다. 심지어 손자들이 쓰던 역사책을 가져와서 마자르 민족 이동 경로 등을 설명해 주기도 했다. 어쨌든 그렇게 배운 헝가리어가 나중에 큰 힘을 발한다.

할아버지의 수업을 통해 우리가 일제 강점기를 잊지 못하듯, 당시 헝가리 국민들도 1956년 헝가리 민주화운동(1956.10.23.~11.10)을 무자비하게 짓밟은 소련군의 만행을 잊지 못하고 있다는 사실을 알게 되었다. 우리는 러시아어를 배우려고 아이러니하게도 지구상에서 러시아를 제일 미워하는 사람들이 사는 나라에 유학을 온 것이었다.

현지 상황이 어느 정도 파악되자 나의 고민은 깊어만 갔다. 이거 제대로 유학 온 것 맞아? 마침 그때 부다페스트에서 유학하는 한국 유학생 중 몇 명이 관광객 자격으로 소련을 다녀왔다는 소식이 들려왔다. 나는 결심했다. 그래! 영어는 런던으로, 불어는 파리로, 러시아어는 당연히 모스크바로 가야지! 그래 가자, 모스크바로! 소련으로 가자!

한번 결심이 서자 나는 당시 룸메이트였던 친구들과 함께 이런저런 정보를 모으기 시작했다. 동시에 남은 연수 기간 동안 더욱 열심히 러시아어 연습을 했다. 그 방법 중 하나가 대학 캠퍼스에서 만나는 학생들에게 무조건 말을 걸어 기숙사나 대학 강의실을 찾아가는 방법을 물어보는 식이었다. 그러나 러시아어는 그렇게 해서 쉽게 배워지는 언어가 아니었다.

　　　　나는 매일 새로운 항해를 시작한다

짧은 헝가리 체류기간 동안 이런저런 이야기만 들려왔지, 막상 소련 유학에 성공했다는 소식은 없었기에, 나는 그 가능성을 파악하고자 룸메이트와 함께 열차를 타고 부다페스트로 향했다. 우리는 부다페스트 공대 기숙사(여름 방학 기간 동안 유스호스텔로 전환)에서 여장을 풀고, 다음 날 아침 일찍부터 소련대사관이 소재한 부다페스트 영웅광장 쪽으로 발걸음을 옮겼다.

나는 성사될지도 모를 면담에 대비하여 내 손바닥에 러시아어로 "모스크바에서 공부하고 싶습니다"라는 문장을 미리 적어놓았다. 풀고자 하는 문제가 어렵고 힘들수록 그 나라 언어로 접근하는 것이 보다 효과적이라는 것을 경험으로 알고 있었기 때문이다

우리는 아침 8시경 소련대사관에 도착하여 대사관 정문쪽으로 걸어가고 있었는데, 마침 말쑥한 양복 차림의 외교관으로 보이는 사람이 대사관에서 나오고 있었다. 나는 직감적으로 이때다 싶어 큰 소리로 '좋은 아침입니다'라고 인사했다. 나중에 같이 간 친구가 알려 준 사실이지만, 그때 내가 너무 긴장해서 그랬는지 '안녕히 가십시오'라고 인사를 했단다. 한편, 그 신사양반은 '이 사람들은 누구지!' 하는 표정으로 잠시 우리를 쳐다본 뒤 자기 길을 갔다.

우리는 육중한 모습의 대사관 정문을 노크했고, 놀랍게도 그 문이 우리를 향해 열렸다. 당시나 지금이나 방문자의 신원이 사전에 확인되지 않거나 또는 사전 면담약속이 정해져 있지 않을 때는 대사관 청사 내 입장이 허용되지 않는 것이 일반적이다. 그때 왜 우리에게 대사관 정문이 열렸는지 아직도 그 이유가 분명치 않다. 아마도 당시 대사관 경비원이 CCTV를 통해 내가 자국 외교관에게 인사하는 모습을 보고, 자국 대사관 직원과 무슨 약속이 잡혀 있는 줄로 착각했다는 게 가장 그럴듯한 추론이라고 생각한다.

어찌 되었든 우리는 대사관 청사 내 경비구역까지 들어가서 경비원에게 자초지종 방문 목적을 설명했다. 그는 우리 이야기를 다 듣고 나서는 대사관 내 교육담당 외교관을 소개시켜 주겠다고 약속했고, 한참이 지난 후 교육관이 직접 대사관 입구로 나와 우리를 만나 주었다. 이런저런 얘기 끝에 그는 우리를 초청해 줄 만한 대학 관계자를 소개시켜 주겠다면서, 다시 대사관 경내로 들어가더니 한참이 지나도록 나타나질 않았다.

그러자 경비는 지쳤는지 아니면 어떤 지시가 있었는지 그 이유는 불분명하지만, 우리에게 당장 청사 밖으로 나가줄 것을 요구했다. 우리는 연락처를 받기 전까지는 한 발자국도 나갈 수 없다고 버텼다. 결국 경비가 다시 교육관에게 연락하여, 교육관이 마지못한 얼굴로 나타났다. 그는 소련 철강합금대학(지하철역 옥탸브리스카야 소재) 총장의 명함을 건네면서 우리가 직접 총장과 연락해 볼 것과 만약 일이 순조롭게 진행되어 정식 초청장을 받을 경우 비자는 대사관 측면에 위치한 영사관에서 받을 수 있다고 안내해 주었다.

우리는 마음에서 우러나온 진정성 있는 감사를 표하고 바로 데브레첸으로 복귀했다. 그다음 날 우리는 바로 철강합금대학 총장에게 자기소개서 및 여권 사본과 함께 초청장을 받고 싶다는 글을 팩스로 보냈다. 며칠 뒤 우리를 초청하겠다는 내용의 회신이 도착했다. 기적이 일어난 것이었다.

가자, 모스크바로!

　　당시는 엄연히 냉전시대였고 심지어 우리나라
와는 외교 관계조차 없었던 시절이었음에도 불구하고, 우리
가 팩스를 보낸 지 며칠 만에 소련 입국용 초청장이 날아오
는 기적이 일어났다. 당시 소련 비자를 받기 위해서는 통상 6
개월이 소요되었다. 우리 정부도 특정 국가 방문허가제도를
운영하고 있던 시기였음을 생각하면, 그 초청장이 당시에 얼
마나 흥분되는 것이었는지 이해가 되리라 생각한다.

　우리가 초청장을 받기까지 옆에서 지켜보고만 있던 나머
지 한 친구도 갑자기 마음이 변했는지 자신도 우리와 함께
가고 싶단다. 그렇게 우리 세 명은 며칠 후 소련영사관에서
비자를 발급받을 수 있었고, 당일 우리 헝가리대사관에서 특
정 국가 방문허가까지 받는 엄청난 일을 해냈다. 물론 이 모
든 행정절차가 양국의 관련 지침을 준수하는 가운데 이루어
졌겠지만, 당시 흔쾌히 우리의 소련 방문을 허가해 준 양국
대사관 직원분께도 진심으로 감사드리고 싶다.

우리는 데브레첸으로 돌아오던 그날 저녁, 부다페스트역에서 며칠 후 출발하는 모스크바행 기차표를 구매한 다음 바로 짐을 꾸렸다. 그리고 조만간 모스크바로 떠난다는 사실을 교수님께 말씀드렸다. 교수님은 이것저것 걱정을 많이 하셨다. 그분은 우리가 너무 서두르는 것이 아니냐면서 좀 더 차분하게 정리할 것을 주문하셨다. 그러나 우리는 계획대로 1990년 8월 중순 어느 날 모스크바로 향했다.

교수님의 우려는 모스크바행 기차를 탑승한 지 하루도 안 되어 현실로 돌아왔다. 우리 기차가 헝가리와 소련 국경 부근 역에 도착하자 기관총으로 무장한 군인들이 올라와서 여권과 출국비자 등 관련 서류를 요구했다. 출입국 심사가 시작된 것이다. 뭐 출국비자도 있었나? 전혀 예상치 못한 일이었다. 나중에야 알게 된 사실이지만 당시 헝가리에는 유학생을 포함한 외국인은 체류기간 중 관할 경찰서에 출국비자를 보관하였다가 출국 시 이를 돌려받는 시스템이었는데 우리는 그 절차를 몰랐던 것이다.

나는 상황이 심각하게 돌아가고 있음을 직감하고, 그동안 배운 서투른 러시아어로 최대한 친근감을 표시하려고 노력했다. 그러나 그들의 반응은 영 쌀쌀했다. 나는 순간적으로 그들이 러시아 국경수비대가 아니라 헝가리 국경수비대임을 알아차렸고 그동안 기숙사 사감과 함께 갈고 닦은 헝가리어로 인사를 건넸다. 그들은 금세 반응했다.

나는 헝가리어를 섞어 가면서 더듬더듬 사정을 설명했다. '우리는 학교와 교수님께 사전신고를 했으며, 이들로부터 출국서류와 같은 별도 안내는 받지 못했다. 당장 우리 담당교수님과 통화하여 확인해 보아도 좋다'라는 내용으로 애원과 설득을 했다.

다시 한번 기적이 일어났다. 헝가리 국경수비대는 미소를 지으며 안전여행 하라는 말과 함께 우리를 통과시켜 주었다. 더듬거리더라도 자국어로 인사말을 건네고 사정을 설명한 우리의 대응이 만들어 낸 또 다른 기적이라고 나는 믿는다.

다음은 소련 국경수비대가 올라와 여권, 비자 등을 확인한 후 각자가 소지하고 있는 현금이 얼마인지를 밝히란다. 나는 현금 약 2천 달러를 소지하고 있다고 구두 신고했는데 그들은 진짜냐는 표정을 지으면서 바로 현금을 확인하자고 했다. 수십 분이 걸렸을까? 우리에게는 길게만 느껴졌던 현금 확인 절차가 끝나자 그들 중 한 명이 나를 복도로 불러내더니 환전할 의향이 있는지 물었다. 나는 분위기상 환전을 하지 않으면 국경통과가 어려울 것 같아 우선 상징적으로나마 수십 달러를 달러당 6루블로 환전했다. 그리고 우리는 무사히 입국심사를 마치게 되었다.

모스크바에 도착하니 달러당 13루블에 환전이 가능했다. 그런데 당시 공식 환율은 달러당 약 0.64루블이었던 것으로 기억된다. 루블이 달러보다 약 2배 비쌌던 것이다.

어쨌든 우리가 탄 기차는 서너 시간에 걸친 양국 국경수비대의 출입국 심사를 무사히 마치고 소련 땅을 향해 서서히 움직이기 시작했다.

그리고 국경을 통과하여 지금의 우크라이나 리비프(L'viv)역에 도착했다. 지금도 그렇지만 당시 소련과 동유럽 간 운행 열차는 리비프역에서 열차바퀴 교체작업(대차교환)을 해야 했다. 유럽지역의 열차 궤도는 협궤(1,435mm)였으나 러시아 궤도는 협궤보다 그 폭이 85mm가 큰 광궤(1,520mm)를 사용하였기 때문이다. 러시아가 광궤를 사용하는 배경에는 여러 경제적, 과학적 근거가 있겠으나, 그중 하나는 과거 차르시대 프랑스나 독일의 침공 가능성에 대한 우려가 반영된 것이라는 설명도 있다. 영국이나 일본의 자동차 운전석이 대부분의 나라가 채용한 방식과 다른 것도 아마 비슷한 이유일 것으로 생각한다.

우리는 열차바퀴 교체작업이 진행되는 동안 잠시나마 역사 주변을 둘러보았다. 당시 건물들은 여기저기 부서지거나 심하게 탈색되어 있어 그 지방정부의 재정상태가 아주 열악하다는 걸 한눈에 알 수 있었다.

주변을 서성이다 엄청난 크기의 동상을 하나 발견했는데 바로 레닌 동상이었다. 그때 마침 청소시간이 되었는지 한 여성이 살수차를 이용하여 동상을 열심히 청소했는데 그 장면이 참 특이하게 느껴졌다. 어쨌든 나는 난생처음 그렇게 레닌과 조우하게 되었고, 그 후 그는 소련 어디를 가나 쉽게 볼 수 있었다. 모스크바 도착 후 찾은 붉은 광장에서는 방부제 처리된 왜소하고 창백한 모습의 레닌도 만날 수 있었다.

1990년대 초 소련이 해체되면서 한때 레닌 묘 처리 문제가 여론의 중심에 섰으나, 그는 아직도 붉은 광장을 지키고 있다.

모스크바에서의 첫날밤

우리는 헝가리를 출발한 지 이틀 후 모스크바 키예프역에 도착했다. 잘 알려진 대로 모스크바 기차역의 이름은 레닌그라드, 야로슬라블, 키예프처럼 운행 노선의 종착역이 위치한 도시 이름으로 되어 있다.

우여곡절 끝에 소련의 심장부 모스크바에 도착하기는 했으나, 역에서 우리를 맞아주는 사람은 아무도 없었다. 우리는 헝가리 출발 전에 여행 정보를 학교에 알려 놓았으니 누군가 우리를 마중 나와 있을 것이라 생각했었다. 그러나 크게 실망하거나 당황하지 않았다. 우리에겐 대학교 연락처가 있었기 때문이다.

우리는 키예프역을 빠져나와 주변 행인들에게 대학까지 가는 방법을 물어보았다. 그중 한 분이 역 앞 지하철을 이용하면 쉽게 대학을 찾을 수 있을 거라고 알려주었다. 마침 대학까지 바로 가는 지하철 노선이 있어 큰 어려움은 없었다. 지하철 역을 빠져나오니 리비프에서 처음 본 레닌동상이 떡

하니 서서 우리를 맞이해 주었다.

우리는 레닌동상 아래에서 담배를 한 대씩 피워 물면서 모스크바에서의 첫날밤을 어디서, 어떻게 해결할 것인가에 대해 다각도로 고민을 했으나, 결국 대학만이 현 상황의 유일한 희망이라는 결론에 이르게 되었다. 우리는 마침 도로 주변에서 경찰봉을 흔들면서 이리저리 왔다 갔다 하던 교통 경찰관의 도움으로 대학을 어렵사리 찾을 수 있었으나 그다음이 더 문제였다.

그날 그 늦은 밤, 우리는 가방을 메고 낑낑거리며 지하도를 건너 대학 건물을 찾아갔으나 예상했던 대로 모든 출입문이 닫혀 있었다. 우리를 기다리는 사람은 아무도 없었다.

우리는 대학건물 출입문 여기저기를 돌아다니며 초인종을 눌렀다. 한참 동안 소리쳐 불러보기도 했다. 그러나 아무런 인기척이 없었다. 그러다 반 바퀴를 돌아 차량 출입문 쪽으로 가보니 건물 반지하 사무실 같은 곳에서 전등불이 희미하게 비치고 있었다. 우리는 희망의 불꽃이라도 본 양 목소리를 최고 톤으로 높여 도움을 요청했다.

한참이 지나도 반응이 없어 이거 어쩌지 하고 낙담했는데 감사하게도 한 사람이 우리 쪽으로 걸어오고 있었다. 그 사람은 우리에게 다가와 우리가 누군지, 어디서 왔는지, 무엇 때문에 늦은 저녁에 이곳을 찾아왔는지를 꼬치꼬치 캐물었다. 우리는 대학에서 보내 준 초청장을 보여 주면서 우리는 한국인 유학생이며, 오늘 저녁 모스크바에 도착하였으나 대학에서 마중을 나오지 않아 이 지경에 이르렀다고 설명했다. 그리고 하룻밤을 부탁했다.

　그는 우리를 대학 건물 작업실(건물 유지보수 담당기사 휴게실이 아닌가 생각된다)로 안내한 다음, 흑빵과 인도산 차를 대접하면서 하룻밤을 지새울 수 있도록 도와주었다. 그날 저녁 모스크바 날씨는 헝가리를 떠나올 때와는 사뭇 다르게 쌀쌀했고, 우리는 여름옷으로는 버티지 못해 각자 겨울옷을 꺼내 입고도 모자라 사무실 커튼을 모두 벗겨 몸에 둘둘 감은 채 모스크바에서의 첫날밤을 보냈다.

모스크바국립대학

모스크바에서의 잊지 못할 첫날밤을 보낸 다음 날, 우리는 어찌어찌하여 겨우 대학 관계자를 만날 수 있었다. 그는 우리에게 먼저 대학 본관에 위치한 기숙사를 보여 주었는데 내부시설이 수준급이었던 것으로 기억한다. 우리가 파악한 바에 의하면 그 기숙사는 미국 등 서방 유학생 유치를 목적으로 준비되었으며, 한 달 기숙사비가 무려 300달러였다.

지금도 그 돈이 결코 적은 것이 아니지만 당시 우리에겐 큰 부담이 되는 정도였다. 당시 소련 국민들의 평균임금이 겨우 20달러 남짓했으니 그 크기가 상상이 되리라 생각한다. 우리는 놀라서 일반 학생들이 거주하는 기숙사면 충분하다고 말했고, 이에 바로 당일 우리를 지하철역 벨야예바에 위치한 기숙사로 배정해 주었다. 당시 기숙사는 3인실 큰방과 2인실 작은방으로 구성되어 있었는데 작은방에는 체코슬로바키아 출신 박사과정 학생이 혼자 거주하고 있었다.

나는 그 박사과정 학생과 대화를 이어가다 '모스크바에서 제일 유명한 대학이 어느 대학인지'를 물어보았다. 그는 나의 전공이 무엇인지를 물어보고는 인문 및 자연과학 분야 모두에서 모스크바국립대학이 최고 명문이라 했다. 나는 그 대학의 위치를 물었고 그는 자신이 갖고 있던 지하철 노선도를 내게 주면서 가는 방법까지 알려 주었다.

우리 셋은 바로 지하철을 타고 모스크바국립대학으로 향했다. 당시 대학이 위치한 유니버시티역까지 가기 위해서는 서울 지하철 2호선처럼 환승노선이 있는 모스크바 중앙까지 나와 두 번의 환승을 해야 했다. 비록 멀리 돌아가는 길이였지만 우리가 모스크바에 도착한 지 겨우 이틀째였는지라 운행노선을 잘 모르는 버스를 이용하는 것보다 고정된 선로 위를 달리는 지하철이 훨씬 안정적이었다. 그날 지하철을 타고 모스크바강을 가로지르는 철교 위를 지날 때 철교 교각 사이로 언뜻언뜻 보이던 모스크바대학을 생각하면 지금도 가슴이 두근거린다.

우리는 대학 본관건물 8층 사무실 구역에 자리 잡고 있던 외국인학생 담당 부학장을 정말 운 좋게 바로 만났고, 그에게 방문 목적을 설명하면서 우리의 입학을 도와줄 것을 간절히 요청했다. 그분은 우리 얘기를 다 듣고는 우리의 러시아어 수준이 매우 낮아 바로 입학이 어렵다면서 동 대학 내 예비학교를 안내해 주고는 우리와의 대화를 끝내려 했다. 우리는 물러나지 않고 예비학교에 가서 도대체 누구를 만나 어떻게 해야 하는지를 구체적으로 물었다. 그러자 그분은 우리의 끈기에 감동했는지 자신이 직접 예비학부에 전화를 걸어 한국에서 온 학생 3명이 곧 갈 것이라고 일러주면서, 우리가 도착하면 입학에 도움을 주라고 했다.

우리는 크르지자놉스카야거리에 위치한 예비학부를 찾아갔고 당일 입학수속, 학생증용 사진촬영을 마치고 기숙사까지 배정받았다.

우리의 당일 입학과 당일 기숙사 배정에 가장 많은 도움을 주신 분이 바로 안드레예프 씨다. 우리는 그분을 예비학부 복도에서 우연히 만났다. 사실은 필연이었는지도 모른다.

그분은 우리가 예비학부를 찾았던 그날, 그곳에서 제일 먼저 만났던 사람이다. 나는 평소와 같이 우렁찬 목소리로 인사를 했고, 그분은 그런 내가 기특하고 가상했던지 나를 불러 세우더니 악수와 함께 여러 가지를 물어보았다. 누구고, 어느 나라 출신인지 등이었다. 나는 한국에서 온 학생이고 이 대학 예비학부에서 공부하고 싶다고 하면서, 오전에 만났던 외국인 학생 담당 부학장이 이곳을 추천했다는 말도 잊지

나는 매일 새로운 항해를 시작한다

않았다.

그는 예비학부 등록 시기는 이미 한참 전에 마감되었고 지금은 외국에서 신입생들이 한둘씩 도착하는 때라고 설명하면서 우리더러 잠시 기다려 보라고 했다. 얼마간의 시간이 흐른 후, 그는 우리를 행정담당 직원에게 데리고 가더니 바로 입학절차를 진행시켰고 잠시 후 학생증 사진촬영과 함께 기숙사까지 배정해 주었다. 그야말로 일사천리였다.

그분은 왜 우리를 도와주었을까? 그분의 말씀에 따르면, 6.25전쟁 당시 소련군에 배속되어 북한에 파병된 경험이 있으며, 그때 본인의 의지와는 상관없이 우리의 부모 형제를 사상케 하는 일이 있었다면서, 자신의 과거를 속죄하는 마음으로 우리를 도와줬다고 한다.

한편, 2008년부터 2011년까지 두 번째 주러시아대한민국 대사관 근무 당시, 아내가 모스크바국립대학 예비학부(현 러시아문화연구소)에서 공부를 했는데, 그때 입학지원 과정에서 우연히 발레리 블라디미로비치 차스늬흐(Valerii Vladimirovich Chastnykh) 국제담당 부학장을 만나게 되었다. 약 20년이란 세월이 흘렀지만 나는 단번에 그를 알아보았다. 그는 1990년 8월 우리가 예비학부에 입학했을 때 막 아프리카에서 귀국하여 교수직을 시작했었다.

평소 안드레예프 씨에 대한 고마움을 전할 기회를 찾고 있던 나는 정말 잘 되었다 싶어 부학장에게 그분의 안부를 여쭈었다. 하지만 그분은 이미 작고하신 뒤였다. 대신 그분 자녀분들의 연락처를 알아봤으나 그마저도 여의치 않았다.

지금도 참 아쉬움이 남는다. 2008년 첫 모스크바 부임 때 왜 그분을 찾아볼 생각을 못 했는지 모르겠다. 여러 가지 이유가 있었겠지만 그땐 마음의 여유가 없었던 것 같다.

나는 매일 새로운 항해를 시작한다

군복의 위엄

소련시대 정부기관의 경비는 내무부 소속 군인들이 주로 했다. 모스크바국립대학 또한 예외는 아니었다. 일반인들의 대학 캠퍼스 출입이 철저히 통제되었다는 뜻이다. 그런데 우리는 학생증도 없었고 더구나 외국인이었는데도 아무런 제약과 제지도 없이 그대로 통과했다. 더군다나 거수경례까지 받으면서 말이다. 아직까지 어떻게 그런 일이 일어날 수 있었는지 정확히는 모르지만 정황상 내가 추측하는 이유는 다음과 같다.

내가 배를 탈 당시에 회사는 선원들에게 작업복을 제공했다. 게다가 대학 4년을 제복을 입고 생활하다 보니 사복의 필요성을 느끼지 못했다. 좀 더 정확히 말하자면, 당시 가정 형편이 여유롭지 않았던 관계로 유학을 떠나면서 챙겨 갈 변변한 옷 한 벌이 없었다. 하는 수 없이 당시 군 장교로 근무 중이던 형이 고향 집에 두고 간 군복과 군화를 챙겨 유학을 떠났다.

그날도 나는 군복을 입고 대학을 찾아갔는데, 경비가 나를 자국 장교로 착각한 나머지 거수경례와 함께 아무런 제지도 없이 우리를 들여보내 준 것이 아닌가 싶다. 그렇지 않고서는 도저히 당시 상황에 대한 설명이 안 되기 때문이다. 또한, 내가 입은 장교군복(판초)이 소련 장교군복과 유사했던 점도 작용했을 것이다.

그 외에도 우리 군복의 위엄은 여러 곳에서 증명되었다. 소련 개방초기, 모스크바를 위시한 전국에서 외국인을 대상으로 한 사건사고가 자주 발생했다. 그중 일명 스킨헤드들은 주로 동양인을 대상으로 다양한 횡포를 부렸다. 그 당시 우리 언론들이 이를 크게 다루었을 정도로 심각했다.

그런 불안한 시대적 상황에도 불구하고 나는 방과 후, 친구들을 찾아다니며 세상 돌아가는 얘기도 하고 그들의 애로 사항도 함께 고민해 주곤 하였다. 그러다 보면 밤늦게 귀가하는 경우가 종종 있었는데 그럴 때에도 나는 두려움이 없었다.

나는 술을 하면 할수록 허리를 곧추세우고 바른 자세를 유지하려 했으며, 길을 걸을 때는 마치 제식훈련 하듯 걸었다. 그러다 보니 오히려 현지인들이 나를 피해 다녔다. 특히 동절기 늦은 오후 거리에는 인적이 드물었는데, 마주 보며 오던 행인들이 갑자기 다른 골목으로 사라져 버리는 경우가 종종 있었다. 물론 그들이 내가 무서워서 그렇게 행동하진 않았을 것이다. 그것보다는 비록 공권력이 빠르게 쇠락의 길을 걷고 있었지만 그 위력은 여전히 무시무시했고, 특히 군 경찰(당시에는 police가 아니라 millicija라 불렸음)에 대한 공포와 두려움이 컸기 때문에 그랬지 않았나 싶다.

러시아어 문법 익히기로 시작한
예비학부 생활

세상에서 가장 배우기 어려운 외국어 가운데 하나가 러시아어임에는 별 이견이 없을 것이다. 생소한 단어는 예외로 치더라도 무슨 격변화가 그리 많은지 명사, 동사, 형용사가 다 변하고 거기에다 남성, 중성, 여성 변화에 더하여 단수와 복수의 변화까지 있으니 러시아어 입문은 정말 큰 결심을 필요로 한다. 나의 경우 천만 다행스럽게도 헝가리로 어학연수를 가서 그곳에서 러시아어를 처음 접하기 전까지 그런 사실을 전혀 몰랐다. 만약 사전에 그 사실을 알았더라면 지금의 나와는 전혀 다른 인생을 살았을 것이다.

나는 모스크바 유학 생활 초기에 운동을 참 열심히 했다. 아침마다 달리기를 주로 했는데 그때 러시아 남성 이름과 여성 이름 하나씩을 골라 격변화에 맞춰 구령을 붙이면서 달리기를 했다. 남성 이름은 전직 소련 대통령 고르바초프(Mikhail Gorbachev)였고, 여성 이름은 헝가리 데브레첸(Debrecen)대학 러시아어 강사였던 라리사(Larisa)로 했다.

고르바초프는 고르바초프-고르바초바-고르바초부-고르바초바-고르바초빔-고르바초베로 격변화를 하고, 라리사는 라리사-라리수-라리세-라리수-라리소이-라리세로 격변화를 하는데 이를 구령 삼아 달리기를 한 것이다. 이렇게 명사 격변화를 겨우 마스터하고 나면 그다음으로 동사, 형용사, 부사의 격변화를 구령 삼아 외웠다. 외국어를 배운다는 것은 쉽지 않은 일이었지만 미시시피 강둑에서의 각오를 회상하면서 열심히 했다.

그런데 참 희한한 것은 그렇게 외운 몇 개의 격변화와 단어만 가지고도 우리 외국인 학생들끼리는 대화가 참 잘 통했다. 수업 중간중간 복도에서 삼삼오오 모여 러시아어로 웃고 떠들고 했는데 그것이 어떻게 가능했는지 지금도 궁금하다. 아마 말하는 사람도 엉터리로 했을 것이고 듣는 사람도 대강 짐작하여 이해했으리라. 그렇게 예비학부에서 일 년간 집중 언어교육을 마치면 겨우 대학 학업이 가능한 수준이 된다.

돌이켜 보면, 소련과 러시아 생활 10여 년 중 가장 기억에 남는 시절은 세월의 흐름과는 대체로 반대 순서이다. 사람들은 통상 삶에 여유가 있었던 때보다 어려웠던 시절을 더 잘 기억하는 경향이 있기 때문에 이는 어쩌면 당연한 결과일지도 모른다. 모스크바 도착 첫날밤부터 시작된 도전과 응전의 유학 생활은 한마디로 매우 흥미진진했고, 모든 것이 생생하게 기억난다.

초창기에는 길거리에서 마주치는 한 사람 한 사람이, 건물 한 동 한 동이, 심지어 날아가는 새 한 마리 한 마리조차도 신기했고, 동시에 나의 호기심을 발동시키기에 충분했다. 나는 겁이 없었고 부끄러움도 잘 타지 않았다. 생각해 보라. 1년 365일 롤링과 피칭이 연속되는 선상 생활만 하다가 고정된 땅 위에서 하는 유학 생활을. 마치 여행 같았다. 그래서 나는 매일매일을 거의 날아다니는 기분으로 살았다.

그해 예비학부에는 아시아, 아프리카, 중동, 중남미 등 전세계 90여 개 국가로부터 수백 명의 학생들이 입학했는데, 아시아 지역에서는 중국, 베트남 등 구사회주의 국가 출신 학생들이 다수였다. 우리나라 학생은 개학 당시에는 우리 3명이 전부였으나, 반 학기가 끝나갈 무렵에는 수십 명에 이르게 되었다.

우리 반은 나를 포함하여 중국, 핀란드, 예멘, 그리스 등에서 온 학생들로 편성되었는데 그 가운데에서도 중국 유학생들이 엄청난 경쟁을 뚫고 선발된 국비 유학생들이었기 때문인지 공부를 참 잘했다. 수업의 경우 수학, 경제학 등은 합동수업으로 진행되었고, 러시아어 수업은 5~6명이 한 반으로 편성되어 진행되었다. 즉 언어를 집중적으로 교육했던 것이다.

북한 유학생

　　당시 모스크바국립대학 예비학부 기숙사는 인디라 간디 광장 옆에 위치하고 있었다. 갈색 벽돌로 지어진 다소 낡은 건물이었는데 예비학부 학생 전원이 이 기숙사에 배치되었고, 우리도 예외는 아니었다.

　　그 기숙사 1층에는 카페가 있었고, 우리는 아침과 저녁을 주로 그 카페에서 해결했다. 점심의 경우 주중에는 예비학부에서, 주말에는 그 카페에서 했다. 당시 음식 가격은 매우 저렴한 편이었다. 소시지, 닭다리 튀김, 샐러드, 빵 서너 조각과 음료수를 모두 합해도 1루블에서 조금 더 나왔다. 당시 비공식 환율이 달러당 15~30루블 하던 때이니 요즘 물가로는 도저히 상상이 가지 않을 것이다.

　　그 기숙사에는 북한 유학생들도 살고 있었는데 우리는 가끔 서로를 조우할 때마다 목례를 곁들여 아는 척을 했고, 북한 유학생들도 큰 거리낌 없이 우리를 대했다. 그들과의 조우가 잦아지면서 마음의 문도 자연스럽게 열리게 되었고, 얼마 가지 않아 우리들은 계기가 있을 때마다 서로를 초대함으로써 더욱 친하게 지내게 되었다. 그해 가을이 다 가기도 전에 우리는 이미 다과를 함께하는 사이로 발전하였다.

그중에 물리학부에 다니던 한 학생은 아버지가 북한대사관 참사였는데, 그는 특별히 나에게 호의적이었다. 반면, 신문학부에 다니던 학생은 평양으로 송환되는 마지막 날까지 나에게 안기부 요원이 아니냐면서 실체를 밝히라고 졸라댔다.

그러던 어느 날 나는 평소와 같이 운동을 하던 중 예비학부 기숙사 앞쪽 길 건너 아파트 뒤뜰 놀이터에서 우연히 대여섯 명의 북한 유학생들과 조우하게 되었다. 이런저런 얘기를 나누다 마침 현장에 있던 러시아 학생들과 축구경기를 하게 되었는데 나와 북한 학생들이 한 팀이 되었다. 그날 경기를 이겼는지 졌는지는 기억에 없지만 아마도 그때 그 경기가 비공식 남북 최초 단일팀 구성 사례가 아닌가 한다. 물론 아무도 인정해 주지 않는 사실이다. 그 후 남북은 세계탁구선수권대회, FIFA 세계청소년축구선수권대회, 평창동계올림픽, 아시안게임 등에 단일팀을 만들어 공식적으로 참가했다.

그러나 북한 유학생들과의 인연은 길게 이어지지 못했다. 북한정부가 우리나라와 소련의 국교정상화에 반발하여 소런에 유학 중이던 전 북한 유학생을 1990년 12월 31일자로 북송 조치한 것이다. 그때 우리는 북한 유학생의 기타 반주에 맞춰 몇 안 되는 남북한 공통 노래인 〈고향의 봄〉, 〈우리의 소원은 통일〉을 부르면서 그들과 석별의 정을 나누었다.

그런데 그 가운데 한 학생이 소련 유학 4년 동안 레닌그라드(현 상트페테르부르크)를 한 번도 못 가 보았다고 아쉬움을 표하기에, 우리 중 한 명이 그를 데리고 상트로 여행을 갔다. 이로 말미암아 북한대사관에는 비상이 걸렸다. 우리가 그 학생을 납치하여 탈북시키려 한 것 아닌가 하는 우려 때문이었다. 당시 북한대사관 측 반응이 그럴 수밖에 없었던 것은 주변국인 헝가리를 포함한 동유럽국 북한 유학생 중 몇 명이 우리나라로 탈출한 사례가 있었기 때문이다.

그 이후 1~2년간 간헐적으로 들려온 소식에 따르면, 그들은 김일성대학, 김책공대 등 자신들의 전공에 부합하는 대학으로 배정되었다 한다. 그로부터 약 30년이 지난 지금 그들이 어디서 무엇을 하며 어떻게 살고 있는지 정말 궁금하다. 통일이 되면 그들을 가장 먼저 찾아보고 싶다. 그때도 그렇게 느꼈지만 통일은 민간과 공공부문이 다 같이 힘을 모아 교류와 소통을 강화해 나갈 때, 우리도 모르는 사이에 우리 곁으로 성큼 다가올 것이다. 나는 그렇게 믿는다.

람바다 그리고 손에 손잡고

당시 예비학부에서 공부하던 약 90여 개국의 학생들 가운데는 남미대륙에서 온 학생들도 다수 있었다. 함께하는 학업과 기숙 생활이 몇 개월 지나자 서로에 대한 서먹함도 많이 가셨고 만나면 인사하고 대화하는 분위기가 조성되자 서로 초대하는 일도 잦아졌다.

특히 그 가운데 브라질 유학생들은 정말 발랄하고 개방적이었다. 당시 유행하던 라틴노래 가운데 하나가 〈람바다〉였는데, 그 좁은 기숙사 방에서 함께 〈람바다〉 군무를 추던 모습이 새록새록 떠오른다.

우리 시대 최고의 〈람바다〉 군무는 붉은 광장에서 춘 것이라 생각한다. 지금도 그 전통이 이어지고 있는데, 12월 31일 밤 12시에 새해를 알리는 붉은 광장의 종소리가 울려 퍼진다. 당시에는 제야의 종소리에 맞춰 붉은 광장을 가득 메운 군중들이 환호를 지르며 손에 들고 있던 샴페인 잔을 하늘 높이 던져 깨트렸다. 동시에 '만세(우라)!'를 외치고 자신들이 가져온 음악에 맞춰 춤을 추곤 했다.

그날 우리는 함께 제야의 종소리를 듣기 위해 붉은 광장으로 향했고, 나는 브라질 유학생들과 동선을 같이하게 되었다. 새해를 알리는 종소리가 끝나자마자 우리들은 〈람바다〉에 맞춰 춤을 추었는데, 처음에는 우리끼리던 군무에 주변 사람들이 함께하기 시작하면서 매우 긴 줄의 춤사위를 연출하게 되었다.

그런데 여전히 당시의 관행에 대해 이해가 되지 않는 것이 샴페인 병과 잔을 던져 깨트리는 행위이다. 물론 과거부터 러시아를 포함한 서양에는 결혼식 때 액운을 쫓기 위해 신부가 술병과 술잔을 던져 깨트리는 풍습이 있긴 했지만 붉은 광장과 같은 곳에서도 그런 행위가 허용되고 있었다는 것에 놀랐다.

이는 아마도 공산국가에 대한 선입견 때문이었을 것이다. 내가 초등학교 다닐 때까지만 해도 북한 공산당을 뿔 달린 머리, 붉은 얼굴, 철저한 통제사회 등으로 가르치고 배우다 보니, 그러한 행위는 절대 용납되지 않는 줄 알았다. 그런데 그게 아니었다. 그곳에도 우리와 유사한 보통 사람들이 살고 있었다.

교류했던 외국인 유학생 가운데 모로코에서 유학 온 '하미

드'는 한국을 특히 좋아했다. 그 친구는 나만 보면 내 손을 잡으면서 88서울올림픽 공식 노래인 코리아나의 〈손에 손 잡고(Hand in hand)〉를 불러 줬다. 그 친구는 러시아 유학 첫 해가 다 가기도 전에 핀란드에서 유학 온 우리 반 여학생과 사랑에 빠져 그녀와 함께 핀란드로 떠났다.

중국에서 유학 온 '펑'이라는 여학생도 기억에 남는다. 그녀는 정말 수학 과목에 소질이 있었다. 물론 당시 러시아에 유학 온 중국 학생들은 상당한 수준의 경쟁을 뚫고 선발된 국비 유학생들이었기에 모두들 똑똑했다. 하지만 그녀는 그들 중에서도 돋보였다. 그녀는 지금쯤 중국에서도 틀림없이 뭔가 중요한 역할을 하고 있을 것이다.

나와 힘든 시간을 함께한 건 아프리카 콩고에서 유학 온 '실베인'이라는 친구다. 우리는 예비학부 때부터 서로 아는 사이였는데 친해지게 된 것은 경제학 시험을 준비하면서이다. 대학입학 후 2년 동안은 칼 마르크스의 『자본론』을 포함한 소련식 커리큘럼에 따라 수업이 진행되었는데, 3년 차부터 커리큘럼이 미국 등 자본주의 교육방식으로 크게 변화하게 된다. 그러다 보니 3년 차에 경제학 원론을 듣게 되었는데 그 과목의 시험방식은 구술시험이었다. 우리 반에서 나와 실베인 둘만 통과를 못 했다. 그래서 우리 둘은 여러 번 교수님께 불려 다녔다. 이 일은 그 후로 나에겐 실로 엄청난 고난을 가져다주는 사건으로 비화되었다. 이것이 바로 아내가 내 학업 성적에 관심을 갖게 되는 시발점이 되었기 때문이다.

어찌 되었든 예나 지금이나 어디를 가나 그놈의 시험이 항상 골칫거리이다. 초등학교 때부터 시작된 우리네의 시험인생은 공무원이 된 지 어언 25년이 넘었는데도 우리 곁에 껌딱지처럼 딱 붙어서 떨어질 줄을 모른다.

러시아에서 시험은 크게 구술시험과 필기시험으로 나뉘었다. 구술시험은 한 학년 수강 과목의 약 30% 정도를 차지했다. 구술시험을 치다 보면 출신국가별 학생들의 대응방식이참 다양한데, 그중에서 중국학생들이 가장 특이했다. 그들은시험 때만 되면 교수님께 최고점인 5점을 읍소했고 그 이유는 매번 유사했다. 만약 최고점을 받지 못하면 다음 해 국비장학생 대상에서 탈락하고 결국에는 귀국 조치된다는 것이었다. 그러면 교수님들이 실제 실력보다 좀 더 후하게 점수를 주곤 하였다.

예비학부 마지막 학기말 시험에서 나는 예상대로 수학, 경제학 등은 최고 점수를 받았다. 그런데 평소 교수님을 잘 따라 했던 러시아어 시험에서 너무 버벅거리는 바람에 그만 4점을 받았다. 소련이 한창 잘나가던 시절이라 모스크바국립대학에 입학하려면 전 과목 5점을 맞지 않고는 불가능했는데 그해 재수가 좋았는지 아니면 자본주의국가에서 온 자비유학생이라서 그랬는지 경제학부 입학이 허락되었다. 물론 후자가 가장 큰 이유일 것이다.

당시만 해도 여타 국가 유학생들은 양국관계, 가족배경 및 성적순 등에 따라 크라스노다르, 카잔과 같은 주요 지방 대학에 골고루 배정되었다. 그 가운데 라오스에서 유학 온 친구가 한 명 있었는데 그 친구는 어찌어찌해서 모스크바 소재 대학에 배정되었다. 반면 그의 여친은 수천 킬로 떨어진 크라스노다르에 위치한 쿠반국립대학에 배정되었다. 그러자 그 친구는 여친이 임신한 사실을 공개하면서 죽어도 자신은 여자친구를 따라 가겠다고 했다. 당시 친구 나이가 고작 18세밖에 되지 않았는데도 불구하고 당차게 스스로 책임을 다하는 모습이 참 인상적이었다.

새로운 전공을 만나다

모스크바국립대학 예비학부를 다닐 때 경제학을 강의하던 한 여교수님이 계셨다. 그 교수님은 우리에게 상당히 다정다감하였고, 가끔 어느 대학 어느 학과 진학을 목표로 하는지를 물어보곤 하셨다.

나는 정치외교학과 진학을 꿈꾸고 있었다. 당시는 동서 냉전시대였고 특히 남북한은 그때나 지금이나 서로 첨예하게 대치하고 있는 상황이었기에, 내가 만약 소련에서 정치학을 제대로만 공부한다면 향후 국내에서 충분히 승산이 있을 것이라 판단했다.

그러던 어느 날 교수님과 제법 진지하게 상담을 하던 중 모스크바국립대학에는 당시 우리나라 대학처럼 독립된 정치외교학과가 있는 것이 아니라, 역사학부 내에 정치역사학과가 있다는 사실을 알게 되었다. 국제정치학을 공부하려면 외교관 전문양성 기관인 모스크바국제관계대학을 가야만 했다. 그 후 나는 시간을 내어 국제관계대학 캠퍼스 이곳저곳을 살펴보았는데 썩 마음에 들지 않았다. 사실 내 마음은 이미 모스크바국립대학에 꽂혀 있었기에 당시 그 무슨 대학을 얘기한다 해도 내 귀에는 제대로 들리지 않았을 것이다.

교수님은 만약 내가 그 학과 아니면 절대로 안 되겠다는 정도의 마음 상태가 아니라면, 인간 생활에 가장 필수적인 학문인 경제학이나 법학 가운데 하나를 선택할 것을 권하셨다. 그래서 경제학을 선택했다. 최종 결정을 앞두고 나는 국내 대학에서 경제학과를 졸업한 친구들에게 한국에서의 경제수학 수준을 물어보기도 했다. 그들은 하나같이 고등학교 수학-I 수준이면 수업 따라 가는 데 전혀 지장이 없다는 대답을 해 주었다. 그러나 막상 입학을 하고 보니 그들 얘기와는 전혀 딴판이었다. 러시아는 수학 수준이 엄청 높았다.
수학이 모든 학문의 기초라는 사실을 간과한 채 시작된 나의 유학 생활에 또 다른 고통이 시작되었다.

예비학부 졸업과 동시에 나는 모스크바국립대학 경제학부에 입학했다. 나는 시간이 많이 걸리더라도 처음부터 제대로 한번 공부해 보고 싶었다. 당시 현지 신입생들과 나이 차가 무려 8~9살이나 되었으나, 그런 것에 개의치 않았다. 나의 장점 중 하나는 나이, 성별, 환경에 상관없이 그들에게 맞춰 가며 함께할 수 있는 성격과 사고이다. 결과적으로 나는 그들과도 쉽게 어울렸다.

당시 우리 학년에 외국인 학생은 나를 포함하여 약 10명 정도였는데, 그들은 중국, 마다가스카르, 콩고, 카메룬, 캄보디아, 기니비사우 등 대부분 제3세계 국가 출신이었다. 또 나를 제외한 모두는 국가장학생 신분이었다. 우리는 정말 친하게 지냈다. 다들 삶이 빠듯했기 때문에 서로서로 도우며 살았다. 지금도 당시를 회상해 보면 따뜻한 감정이 솟아오르고, 입가에는 웃음이 밴다.

학부 생활 동안 나의 성적은 별로였다. 지금도 잊지 못하는 과목은 칼 마르크스의 자본론이었는데 그 과목에서 나는 최고점수인 5점을 받았다. 자본론 담당 교수님은 여성이었는데 대학 시절 짧은 기간 동안 김정은의 고모 김경희와 함께 공부했다 하면서 그 당시의 이야기를 해 주곤 했다. 그 교수님은 수업시간 중 내가 일어서서 발표라도 하면 정말 기뻐했고 나의 발표를 학우들 앞에서 높게 평가해 주곤 했다.

당시 우리는 나름 치열하게 살았다. 먹고사는 문제보다 강의 내용을 못 알아들어 발생하는 문제가 더 심각했다. 강의 노트 정리조차 안 되었다. 요즘 같으면 핸드폰으로 무엇이든 녹음하고 했겠지만 당시는 그렇게 하지 못했다. 그래서 시험

기간만 돌아오면 같은 클래스 러시아 친구들에게 노트를 빌리는 것이 가장 중요한 일과였다.

그러나 그것으로 문제가 완전히 해결된 것은 아니었다. 빌린 노트를 읽고 이해하는 것은 전혀 다른 문제였다. 러시아 학생들의 노트는 주로 필기체거나 약자로 표기해 놓아 우리들이 이해하기 어려웠을 뿐 아니라, 어떤 경우에는 거의 암호 해독 수준이었다. 지금 생각해 보면, 대학 3학년 때까지 강의 내용의 상당 부분을 이해하지도 못한 채 지나쳤던 것 같다. 그러나 유학 시절에 어려웠던 일보다 즐거웠던 일이 훨씬 더 많았던 것은 분명하다.

경제학부 외국인 학생대표

내가 1990년 8월 소련에 오게 된 과정도 한편의 드라마였지만, 모스크바국립대학 경제학부에 입학하여 무위 졸업한 것은 더 극적인 드라마이다. 거기에는 한 사람의 관심과 지원이 많은 도움이 되었다. 따찌아나 블라디미로브나!

따찌아나 블라디미로브나는 당시 경제학부 외국인 학생 담당관이었다. 그분이 외국인 학생 입학, 체류, 학사관리 등 대부분의 업무를 다 처리한 것 같다. 자연히 학교생활에 문제가 생길 경우, 우리 모두는 따찌아나에게 호소하기도 하고 도움을 받기도 하였다.

따찌아나가 어느 날 나를 부르더니 대뜸 경제학부 외국인 학생대표를 하란다. 내가 다른 학생들보다 나이도 있고, 사회 경험도 있어 자신을 누구보다 잘 보좌해 줄 것으로 판단했던 것 같다. 나는 학생대표의 주된 업무가 무엇인지 물어

나는 매일 새로운 항해를 시작한다

봤고, 이에 학생 기숙사 배정, 문제 수집 등이 주 업무라고 설명 들었다.

나는 그해 경제학부 외국인 유학생대표가 되어 HPS(House of Postgraduates and Students) 거주 유학생들을 위해 기숙사를 배정하는 업무를 맡았다. 당시 HPS에는 2인용, 5인용 방이 주였는데 그것도 감투라고 좋은 방을 배정받기 위해 과자 등 먹을거리를 사 가지고 찾아오는 학생들도 있었다.

아직도 기억에 남는 것이 죽은 영혼(Dead Soul)을 찾는 일이었다. 죽은 영혼이란 기숙사 배정 권한을 갖고 있는 정식 학생이지만 개인 사정 등으로 기숙사에 살지 않고 민간시설(자신, 가족 또는 친인척 아파트 등 다양) 등에서 거주하고 있는 학생을 뜻했다. 예를 들어, 2인실 기숙사일 경우 죽은 영혼과 룸메이트가 되면 실질적으로 독자 생활이 가능했던 것이다. 그렇기에 2인실은 대부분 현지 출신 5학년들이 차지했고, 저학년과 외국인 학생들은 주로 5인실에 배정되었다. 그럴 경우 단 한 명이라도 죽은 영혼이 있으면 환경이 훨씬 개선되고는 했다.

5인실 기숙사의 경우, 방 안에 화장실과 세면실 그리고 각 모서리마다 침대가 하나씩 놓여 있는 구조였다. 그래도 그곳은 예비학부 기숙사보다는 환경이 좋은 편이었다.

나는 모스크바 유학 생활 5년 동안, 예비학부 기숙사, 대학 본관 기숙사와 경제학부 기숙사 등 세 군데의 기숙사를 옮겨 다니며 생활하였는데, 그 세 군데 다 나름의 추억을 간직하고 있다.

나는 매일 새로운 항해를 시작한다

국가비상사태 속 한인체육대회

1993년 모스크바 한인 사회는 양국 수교 2년
이라는 짧은 기간이었음에도 불구하고 양적으로 매우 빠르
게 성장했다. 유학생 사회도 예외가 아니었다. 모스크바국
립대학, 국제관계대학, 민족우호대학 등 소련 대학에는 한국
유학생들이 적게는 수 명에서 많게는 수백 명씩 공부하고 있
었다.

이렇게 유학생 사회가 발전하자, 유학생 정착지원, 대학 및
대외 공식 접촉창구 역할을 할 학생회의 필요성이 대두되었
다. 대학 간 교류나 유학 전문회사를 통해 유학 온 학생들은
정착이 비교적 수월했으나, 개별적으로 유학 온 학생들은 대
학 입학부터 정착까지 많은 손길과 도움이 필요했다.

이에 나는 주위의 친구들과 함께 각 학부마다 나름 대표성
과 봉사정신이 있어 보이는 이들을 중심으로 규합해 나갔다.
그리고 1993년 초 모스크바대학 경제학부 대강당에서 한인
학생회 출범회가 열렸고 내가 초대 학생회장에 당선되었다.

나는 본관 기숙사 방을 하나 빌려 학생회용 회의실을 개설하고, 누구나 자유롭게 학생회를 방문하여 필요한 정보를 공유할 수 있도록 했다. 그리고 학생회는 각 학부에 별도 팀을 만들어 각 학부 특성에 맞는 맞춤 서비스를 제공하도록 했다.

모스크바대학 한인 학생회 출범 소식이 전해지자 여타 대학의 학생회도 구성되기 시작했다. 그리고 우리는 그다음 해 비록 유학생 수는 비교할 수 없을 정도로 적었지만 국제관계대학을 전면에 내세워 모스크바연합학생회도 출범시켰다.

하루는 대사관에서 유학생 관리 및 교육업무를 담당하고 계시던 교육관께서 한번 만나자고 하여 대사관을 방문했다. 이를 계기로 평소 알고 지내던 모 총영사님께 인사라도 드릴 겸 사무실을 찾아 갔더니, 대뜸 '한 회장! 평양 갔다 왔다면서?'라고 하시는 것이다. 내가 '벌써 소식 들었습니까?'라고 맞받아치니 총영사님은 그냥 쓱 웃으셨다.

당시 대사관에서는 빠른 속도로 늘어나는 유학생 관리에 나름 고민이 많았던 것 같다. 특히 우리처럼 양국 공식 수교 이전에 소련으로 유학을 온 학생들의 경우, 비록 짧은 기간이긴 하지만 북한 유학생들과도 교류가 어렵지 않았던 만큼 자못 의심 어린 눈빛을 받기도 했었다.

당시에는 우리 대사관 정보업무 담당부서에서 매달 간담회 형식을 빌려 유학생들을 대사관에 불러 모으곤 했는데, 나는 딱 한 번 참석한 후 더 이상 발길을 하지 않았다. 그러나 다수의 유학생들이 이 집회를 통해 대사관과 관계를 맺고 있었고 가끔 자신의 존재를 드러내곤 했다. 학생회 개최 여부를 대사관에서 꿰고 있기도 했다.

그래서 하루는 작심을 하고 그 말을 전한 학생에게 "나 건드리지 마라. 양국관계 발전에 결코 도움이 되지 않을 거다"라고 전하라 했더니, 어쨌든 그 후로는 별 특이 사항 없이 유학생회가 운영되었다.

그래도 명색이 학생회인데 유학생 정착서비스 등 애로사항 해결 외에도 뭔가 가시적인 성과를 낼 수 있는 사업이 필요했다. 첫 번째 사업으로 당시 고려인 학자가 쓴 고려인 이주역사에 대한 책을 번역하여 유학생, 상사 및 대사관 등에 배포했다.

곧이어 제1회 전 소련 한인체육대회를 준비했다. 1993년 학생회가 출범한 바로 그해 10월, 옐친 정부가 의회와의 대치정국을 해결하는 과정에서 의회건물에 직접 폭격을 가했다. 그 사건으로 공식발표상 147명이 사망하고 440여 명이 부상을 입었다. 이로 인해 모스크바 전역에는 비상사태가 선포되어 모든 종류의 집회가 금지되었다. CNN 등 외신들은 동 진압사태를 전 세계로 앞다투어 생중계했다. 지금도 러시아 하면 소련 붕괴 직후 나타난 상점 앞 무작정 줄서기와 바로 이 장면이 우리들의 뇌리에 바로 떠오른다.

이런 상황 속에서 우리는 한인체육대회 개최 여부에 대해 다각도 검토를 했고, 끝내 개최하기로 했다. 우리가 행사 개최를 결정한 이유는 행사가 대학 대운동장과 야구장 안에서 제한적으로 개최되며, 대학 당국으로부터 어떠한 제지나 제제의사가 감지된 적이 없었기 때문이었다.

개회식은 대사관 정무 2공사, 유학생, 고려인학교 교장 및 학생 등 약 400여 명이 참석한 가운데 대학 야구장에서 개최되었는데 지금도 그 장면을 떠올리면 가슴이 뛴다. 우리는 개회식에 이어 대운동장으로 행사 장소를 이동한 후, 프로그램에 따라 각종 경기를 펼쳤고, 모스크바 고려인학교에서 빌려온 사물놀이 악기를 이용하여 응원도 열심히 했다. 당시 현지 학생들은 비상사태 와중에도 행사를 개최하는 모습이 매우 생경했는지 강의실을 오가는 가운데 삼삼오오 짝을 지어 서서 우리 행사를 구경했다.

오전 행사를 무사히 마무리하고 전 참석자들을 대상으로 점심식사를 제공했다. 그 점심은 한국 식당을 운영하던 박모

사장님께서 무료로 제공하신 것이었다. 행사를 마친 후, 비록 전액은 아니지만 식비 일부(1,900여 달러)를 모금하여 학생회 명의로 그분께 전달하기는 하였지만, 아직도 그분의 통큰 지원에 감사하다.

또한, LG전자 측에서 전기청소기 등 다양한 제품을 행사 상품으로 선뜻 제공해 주었는데, 당시 긴가민가하면서 행사를 주관했던 우리에게는 정말 구세주 같았다. 물론 여타 우리 기업들도 지원을 해 주었다. 우리는 그 지원 상품을 고려인 교장선생님이 직접 인솔해 온 학생, 학부형 및 선생님들에게 가급적 많이 돌아갈 수 있도록 특별히 배려했다. 당시 행운권에 당첨된 어린 고려인 학생들은 선물을 받고 '이게 진짜 청소기야?' 하면서 어리둥절해하며 기뻐했다.

당시 절박했던 러시아 국내 정치 상황 그리고 쉽지 않았던 행사 준비에도 불구하고, 행사 성공을 위해 행사자금 모금과 행사상품 섭외를 위해 아침부터 저녁까지 동분서주했던 학생회 간부들과 친구들은 그 얼굴에 진심으로 기뻐했다.

아르바이트

나는 국내 대학 졸업 전까지 방학 때 집안일은 자주 도와드렸으나, 생활비를 벌기 위해 아르바이트를 경험해 본 적은 없었다. 그 이유는 당시 승선학과 소속 학생은 모두 주말에만 상륙이 허락되었기 때문에 물리적으로 아르바이트를 하는 것이 불가능했기 때문이다. 그리고 대학 졸업과 동시에 취직해 당시 대학생이면 한번은 해 봤을 법한 아르바이트를 못 해 보고 졸업했다.

세월이 흘러 모스크바에 유학을 오고 가정도 이루게 되면서 자연히 씀씀이가 늘어나자 마냥 하늘만 쳐다보면서 가지고 있던 현금을 축낼 수는 없었다. 때마침 우리나라 방산업체 중 하나인 풍산금속이 러시아 지방도시에서 중고로 매입한 대형 압출기(Press)의 사용 설명서 번역을 의뢰해 왔다.

두근거리는 마음으로 설명서를 받아 보니 그 분량이나 내용이 혼자 하기에는 무리라고 판단되어 당시 가까이 지내던 친구들과 함께하기로 했다. 다행히 친구들 가운데는 공대 출신도 있어 기계공학적 전문용어와 기능을 이해하는 데 많은 도움이 되었다. 그때 장당 번역료가 제법 고액이었기에 당시 유학 생활에 많은 보탬이 되었다.

그 후 나는 우리에게 번역 업무를 맡겼던 풍산금속 부장님의 초청으로 경북 안강에 소재한 사업현장 방문과 함께 동사 중역들과 식사도 하게 되었는데, 그때 태어나서 처음으로 맛본 한우 소금구이는 아직도 내 기억에 생생히 남아 있다. 그날 이후 나는 고기를 먹을 때면 주로 소금구이를 준비하고는 하는데 이에 우리 집 막내는 '오늘도 소금구이야'라며 매우 못마땅해한다.

볼가강 크루즈 투어

모스크바에서 생활한 지 1년이 지난 1991년 여름, 나는 방학을 맞아 무언가 의미 있는 일을 한 가지 해야겠다는 생각으로 이것저것을 고민하던 중 러시아의 젖줄인 볼가강 투어를 해 보기로 마음먹었다. 볼가강 투어는 바다를 떠나 뭍에 상륙한 지 1년이 다 된 나에게 바다에 대한 향수를 삭이고 동시에 뭍에 소프트랜딩하는 데 도움이 될 것이라 생각했다.

러시아 친구들에게 물어보니 국영 여행사 인투어리스트를 알려주었고 나는 지하철역 타간스카야(Taganskaya) 주변에 위치해 있던 인투어리스트를 찾아 갔다. 지금이야 수십수백 개의 여행사가 치열하게 경쟁하고 있지만, 소련 시절에는 국영 여행사인 인투어리스트가 모든 국내외 여행을 전담하고 있었다.

헌데 여행사 창구 직원은 잔뜩 기대에 부풀어 찾아간 나에게 볼가강 크루즈 투어는 외국인에게는 개방되지 않는 상품이라면서 바로 퇴짜를 놓았다. 그렇다고 바로 물러날 내가 아니었다. 나는 설득 논리를 만들어야 한다는 생각에 우선 '나는 소련 정부로부터 정식으로 초청장을 받고 유학 온 학생이다. 당연히 외국인 유학생도 학업, 여행 등에서 내국인과 동일한 대우를 받아야 한다'라는 내용으로 대응했으나, 창구 직원은 요지부동이었다.

내가 물러설 기미를 보이지 않자 창구 직원은 소장과의 면 담을 주선해 주었다. 이에 나는 과거 항해사 출신으로서 소련의 수상운송 시스템에 대해 개인적 관심이 많다 하고 또한 나는 순수 학생이므로 당신들이 걱정하는 일은 없을 것이라는 논리를 폈다.

나의 억지주장이 마음에 들었는지 마침내 소장은 여행권 판매를 승인했고, 나는 모스크바에서 아스트라한(Astrakhan) 까지 왕복 21일간의 크루즈 여행을 떠나게 되었다. 당시 1층 갑판 2인 1실 기준 가격이 약 1,350루블이었는데 이는 암시장 환율로 약 35달러 정도밖에 되지 않는 정말 저렴한 상품이었다. 심지어 당시 학생 기준 아에로플로트 항공의 모스크바-서울 간 왕복항공료는 50달러 정도였다. 요즘 물가로는 도저히 상상도 할 수 없는 가격이었다.

볼가강 크루즈 여행은 8월 초 모스크바 북부 소재 강변 항구에서 시작되었고, 나의 룸메이트는 여든이 넘으신 할아버지였다. 그는 시간이 날 때마다 러시아 화가 안드레이 루블레프 작품인 〈성 삼위일체〉 성화를 두고 나에게 무언가를 열심히 설명하셨고, 당시 나의 짧은 러시아어 실력으로는 도대체 무슨 말씀을 하시고자 하는지 도저히 이해할 수가 없었다. 그래도 장장 21일간 같은 내용을 듣고 또 듣다 보니 조금은 알아듣게 되었는데 작품 속 탁자의 구도와 원근감 처리를 강조하셨던 것 같다.

우리가 탑승한 크루즈선은 모스크바 레츠노이 바크잘역을 떠나 스탈린시대에 건설된 운하를 지나 골든 링(Golden Ring)으로 불리는 도시 중 하나인 우글리치에 도착했다. 이 도시는 중세 슬라브 민족에 의해 건설된 도시로 목재로 지어진 주택과 아름다운 러시아 정교 성당이 기억에 남는다.

볼가강을 따라 크루즈 여행을 하다 보면 매일매일 새로운 문화와 역사를 간직한 도시가 나타나 자칫 지루할지도 모를 장기간의 여행이 오히려 기대로 가득 찬다. 특히 여행사가 모스크바와 아스트라한 사이에 있는 십여 개의 도시 중 강을 따라 내려갈 때와 올라올 때 들르는 도시를 지그재그 형태로 구성해 놓아 그 재미를 더했다.

당시 방문한 도시는 우글리치(Uglich), 야로슬라블(Yaroslavl),

코스트로마(Kostroma), 니즈니노브고로드(Nizhny Novgorod), 체복사리(Cheboksary), 카잔(Kazan), 울리야놉스크(Ulyanovsk), 톨리야티(Tolyatti), 사마라(Samara), 사라토프(Saratov), 볼고그라드(Volgograd), 아스트라한(Astrakhan)으로 기억한다.

크루즈선이 항구에 도착하면 미리 대기하고 있던 인투어리스트 버스를 타고 바로 도착지 관광을 시작했다. 모스크바를 출발한 지 4~5일이 지나면서부터 저녁식사 후 문화공연 프로그램이 제공되었고, 이후 승객들 사이에 안면이 트일 때쯤 되면 승객들이 직접 참여하는 장기자랑과 유사한 프로그램도 마련되었다.

방문도시 중 가장 기억에 남는 도시는 골든 링과 함께 카잔, 볼고그라드, 아스트라한이다. 카잔은 몽골타타르의 후손인 타타르공화국의 수도이자, 이슬람 문화가 번창한 도시였다. 길거리에는 우리와 비슷하게 생긴 몽골계도 가끔 눈에 띄었다. 아름답게 잘 정돈된 도시로 기억된다.

볼고그라드는 과거 스탈린그라드라고 불리던 도시였다. 2차세계대전 당시 독일군과 가장 치열했던 전투가 있었던 곳이자, 그 전쟁에서 소련군이 어렵게 승기를 잡기 시작한 전투가 있었던 곳이기에 도시 곳곳에 그 흔적이 남아 있었다. 그중 조국의 어머니 상이 가장 인상적이었다.

아스트라한은 러시아제국 당시 변방을 지킨 코사크 용사

들의 본고장이다. 현지 민속촌에는 당시의 전통을 그대로 복원해 전시해 두고 있었고, 그들의 활약상에 대한 자부심이 대단했다.

볼가강 여행을 마치고 감상평을 한 줄로 정리했다. '볼가를 보지 않고 러시아를 봤다고 하지 말라!'

볼가강 투어에 한참 재미가 붙어 가던 8월 19일, 모스크바에서 쿠데타가 발생했다는 소문이 승객들 사이에 퍼지기 시작했다. 당시 우리가 탄 배는 아스트라한을 향해 가던 중이었다. 승객 대부분이 모스크바 시민들이었기에 그중 몇 명이 모스크바로 돌아가기 위해 하선을 시도하였으나, 모스크바를 포함한 주요 지역에 국가비상사태가 선포되어 철도, 도로, 항공 등 모든 운송 시스템이 마비됨에 따라 결국 여객선으로 되돌아왔다.

나도 고민을 했다. 모스크바에서 쿠데타가 일어났다면, 바로 당일 한국의 각종 언론에 주요 뉴스로 다루어질 테고, 그러면 당장 부모님께서 나의 안전을 걱정하실 게 분명한데 내 소식을 전달할 방법이 마땅치 않았다. 여행 중 사귄 몇몇 러시아 친구들은 '이왕 휴가를 왔으니 아무런 고민 말고 푹 쉬면서 즐기자'고 한다. '설령 모스크바로 돌아간다 하더라도, 네가 할 수 있는 일은 아무것도 없다'는 말도 한다. 나도 그

나는 매일 새로운 항해를 시작한다

말에 동의했다.

우리는 그날그날 선상 텔레비전을 통해 야나예프(Gennady Yanayev) 부통령 TV 출연, 고르바초프 대통령의 크림반도 포로스(Foros) 소재 별장 감금, 옐친(Boris Yeltsin) 러시아 공화국 대통령의 탱크 위 연설 등 긴박하게 돌아가던 상황을 수시로 접할 수 있었다.

당시 쿠데타 주역인 야나예프 부통령은 TV에 출연하여 '고르바초프 대통령이 건강상의 이유로 대통령 직무를 수행할 수 없게 되었다'고 밝히는 등 쿠데타 당위성을 설명하였는데, 그는 시종 목소리에 자신감이 없었고 비염 때문인지 코를 계속 훌쩍거렸다. 나는 '이 쿠데타 실패다'라고 직감했다. 내 직감대로 쿠데타는 실패했으나 소련의 종말을 앞당기는 단초를 제공했다. 결국 소련은 그해 12월 공식 해체되었다.

그런데 참 아이러니하게도 소련이 해체된 지 30년이 지난 오늘날, 당시 소련의 장자격인 러시아가 소련 재건을 기치로 체첸 전쟁, 조지아 전쟁, 크림반도 병합, 압하지아 및 우크라이나 동부지역 독립 승인 등 또 다른 불행을 잉태하는 행보를 계속하고 있다. 러시아를 사랑하는 한 사람으로서 참 아쉽다.

볼가강과 네바강
그리고 예니세이강

우리나라와 소련은 88서울올림픽을 통해 서로를 좀 더 가까이 알게 된 다음, 1991년 9월 정식 수교를 맺었다. 수교가 되자마자 기다렸다는 듯 우리나라 사람들이 물밀듯이 몰려왔다.

소련 거주 우리 국민 숫자가 수백에서 수천 명에 이르게 되자 모스크바 등 주요 도시에 한식당, 관광회사 등 우리 국민을 상대하는 비즈니스가 다수 생겨나게 되었다. 그중 한 사업가가 모스크바-상트페테르부르크 간 크루즈 여행 프로그램을 시작했다. 나는 여름방학을 이용하여 친구 여러 명과 함께 그 투어에 참여하였다.

통상 크루즈 여행은 저녁식사 후 여흥 프로그램이 제공된다. 친구들은 신나게 잘도 노는데 나는 아내가 임신 중이라 대부분의 시간을 객실에서 그녀와 함께할 수밖에 없었다. 그날은 여행객의 대부분을 차지하던 독일, 스페인, 한국 등 3개국이 팀을 나눠 장기자랑을 했다. 우리 팀은 '우리 모두 다 함께 손뼉을! 짝! 짝!' 하는 노래를 러시아어로 '시보드냐 베체롬 하라쇼! 짝! 짝!(오늘 저녁이 좋아요! 짝! 짝!)'으로 개사하여 군무를 펼쳤는데 반응이 정말 대단했다.

장기자랑 후, 나는 숏다리임에도 불구하고 태권도 시범을 보였는데, 독일과 스페인 여행객들이 사진을 찍고 난리가 났다. 그중 키가 190센티 이상이 될 것 같은 스페인 아가씨가 나에게 비상한 관심을 보였다. 나는 아내를 얼른 객실에 데려다준 다음 다시 올라와 음악에 맞춰 신나게 놀았는데 갑자기 내 등골이 서늘해졌다. 등 뒤에 아내가 서 있었다.

나중에야 알게 된 사실이지만, 당시 아내와 가까이 지내던 연수 공무원 가족이 객실에서 휴식을 취하고 있던 아내에게 나의 동향을 알려 그 사단이 벌어진 것이었다.

1992년 여름방학을 이용하여 또 다른 강 하나를 탐험하기로 했다. 이번에는 서부 시베리아에 소재하고 있는 예니세이라는 강이었는데, 이 강은 러시아, 중국 및 카자흐스탄 국경이 서로 접하는 알타이 지역에서 발원하여 동부 카자흐스탄 초원과 산악지역을 관통한 뒤 서부 시베리아를 거쳐 북극해까지 흘러가는 수천 킬로가 넘는 큰 강이었다.

예니세이강을 탐험하기 위해서는 먼저 비행기를 타고 서부 시베리아 도시 크라스노야르스크(Krasnoyarsk)까지 가야 했다. 예니세이강 투어는 볼가강과는 다르게 주변에 큰 도시나 유적지가 없어 주로 자연을 즐기는 것이었다. 그렇게 며칠이 지나 니켈의 주산지인 노릴스크(Norilsk)에 도착했다.

노릴스크는 도시 전체가 온통 니켈광 채굴 및 제련에 사용되는 약품 냄새로 가득했다. 이런 곳에 어떻게 사람이 살 수 있을까 싶은 정도였다. 나도 유조선 승선 경험이 있지만 이 정도로 열악하지는 않았다.

그곳에는 어떤 사람들이 근무했을까? 그곳에 모인 노동자들은 니켈 채굴 및 제련 전문 기술자 외에도 상대적으로 이른 나이에 경제적 자립을 원했던 사람들 또는 조기 퇴직을 꿈꾸던 사람들이었다. 그들은 약 10~15년 고생해서 저축한 돈으로 모스크바 등 대도시에서 집과 자동차 등을 장만했다고 한다.

내가 외교관이 되어 모스크바에서 근무할 때 임차하여 살던 집 주인이 바로 그런 경우였다.

예니세이강을 따라 북극해 방향으로 며칠을 내려가면, 소련 시절 지하에서 핵 실험을 했던 곳을 관광할 수 있었다. 물론 관광 프로그램 참가 여부는 승객의 자유의사에 따랐지만 요즘 기준으로 볼 때 도저히 상상이 가지 않는 위험천만한 관광 상품이었다.

나는 매일 새로운 항해를 시작한다

지하 핵 실험장은 부두에서 걸어 약 2시간이 소요되는 거리에 있었고, 오고 가는 길은 모기 떼 천지였다. 모기가 날아오르면 하늘이 가릴 정도였는데 내 생전 그렇게 많은 모기는 처음 보았다. 모기가 많은 이유는 모기가 생육하기 좋은 저지대 습지이고, 또한 모기 알이 짧은 여름 기간에 한꺼번에 부화하다 보니 그렇단다.

나는 얼굴, 목, 팔 어디 한 군데 성한 곳이 없을 정도로 모기에 물렸다. 승객들이 하선하기 전 가급적 자신이 가지고 있는 옷가지 중에 가장 두꺼운 옷을 챙겨 입으라는 안내 방송이 있기는 하였으나, 이 정도일 줄은 몰랐다.

하여튼, 모기와의 사투 끝에 우리는 어느덧 목적지에 도달했는데, 그곳에는 철조망에 둘러싸인 푯말 하나만 달랑 서 있었다. 몇 년도 지하 몇 미터에서 핵 실험이 있었다는 문구였다. 나는 정말 실망했다. 뭔가 대단한 것이 있는 줄 알았다. 그런데 러시아인들은 그런 것에 전혀 실망하지 않은 듯 방사능이 남아 있을 법한 푯말을 배경으로 삼삼오오 기념사진을 찍었다. 아무도 주의를 기울이지 않았다. 러시아 사람은 정말 이해하기 어려운 사람이라는 사실을 그때 체험으로 알게 되었다.

예니세이강을 따라 내려가다 보면, 중간중간 소규모의 어촌 마을이 형성되어 있다. 그곳에 사는 주민들은 여객선이 지나가면 모터보트를 이용해 그동안 채취한 버섯, 야생과일, 꿀, 차, 민물고기, 훈제 물고기 등을 팔았다.

여객선의 갑판이 높고 항해 중이다 보니 물건을 사고파는 일이 쉽지는 않았다. 물건을 실은 보트가 여객선 속도에 맞춰 따라 오면서 가격 흥정에 들어가며, 여하히 흥정이 되면 물건을 담은 바구니 줄을 갑판으로 던지고 구매자가 그 줄을 끌어올려 물건을 받는 방식이었다. 물건 값은 다시 바구니에 담아 건네면 되었다.

하루는 그 배의 기관장으로부터 술자리에 초대를 받았다. 알고 보니 그 기관장은 고려인 출신이었고 한국인이 타고 있다는 소식을 듣고 나를 초대했단다. 기관실로 내려가니 이미 한 상이 준비되어 있었다. 술안주 가운데 삭힌 철갑상어가 있었는데 그 맛이 정말 대단했다. 그들은 정말 걸신들린 것처럼 먹어대는 나를 그저 바라볼 뿐이었다.

그 이후에도 그때 맛본 철갑상어가 생각나면 가끔 훈제된 고등어나 연어를 사 먹어 보기도 한다.

러시아를 좋아하는 남자와
그렇지 않은 여자

        우리 어린 시절 농촌 지역에서는 광복절이 되면 광복절 기념 마을대항 축구대회가 열리곤 했다. 우리 동네도 예외는 아니었다. 1993년도 광복절 때도 나의 모교인 농소중학교 교정에서 마을대항 축구대회가 열렸다. 우리 마을 팀에서 목이 터져라 응원을 하고 있는데 아버지께서 선자리가 하나 나왔으니 빨리 준비하란다. 그렇게 갑작스럽게 맞선을 보게 되었고 나는 맞선 상대와 모스크바로 돌아가기 전 5일 동안 세 번 만나고 그해 11월 결혼했다.

  우리는 두 번째 만남에서 속전속결로 양가 부모님께 인사드리기로 하고, 바로 그날 그녀 집을 방문했다. 그녀의 아버지는 이제 학부 3학년인데 결혼 생활은 어떻게 유지해 나갈 생각이며, 졸업 후 장래 희망은 무엇인가라고 진지하게 물으셨다. 나는 러시아에서 생활비는 많이 들지 않으니 걱정하지 말라는 설명과 함께 장래 희망과 관련해서는 '어르신! 오늘 당장 무슨 일이 일어날지 알 수 없을진대, 어찌 2년 후의 일을 제가 알 수 있겠습니까! 다만, 하루하루 열심히 살다 보면 길은 자연스럽게 열릴 것이라 생각합니다. 그리고 하루 세끼는 거르지 않도록 할 자신이 있습니다.'라는 내용으로 답했다. 나의 다소 맹랑했던 대답에 대한 실망과 근심으로 걱정하던 장인어른의 모습이 아직도 눈에 선하다.

한마디로 나는 첫 가족 면담에서 탈락했다. 그런데 전생에 우리 사이에 억겁의 인연이 있었는지 그녀는 우리가 만난 지 세 번 만에 나와 결혼을 하겠단다. 그러나 그녀의 둘째 언니를 제외한 가족 구성원 대부분은 우리의 결혼을 반대했고, 그녀는 내가 모스크바에 돌아간 3개월 동안 혼자 고군분투하여 겨우 결혼 승낙을 받아냈다.

행복하기 위해 노력을 게을리하지 않았음에도 불구하고, 러시아에서의 나의 모습은 그녀를 실망시키기에 충분했던 모양이다. 그것은 그녀가 저기압일 때 나에게 하는 말을 보면 쉽게 알 수 있었다. 그녀를 향한 애정과 관심이 부족하고, 평소 자신이 결혼한 남자라는 것을 잊고 살며, 학생의 본업인 공부는 등한시하면서 늘 무엇을 하는지 모르겠지만 혼자 바쁘다는 것 등등이다.

그런 그녀가 모스크바에서 그나마 좋아하는 것이 하나 있었는데 그것은 볼쇼이 극장도 아니고, 붉은 광장도 아닌, 우

습게도 동절기 모스크바 거리를 청소하는 제설차의 청소 장
면이었다. 그녀는 길을 가다가 제설 차량만 보이면 아이처럼
좋아라 했고, 우리는 가던 길을 멈추고 서서 제설 작업이 끝
날 때까지 지켜보기도 했다. 심지어 아파트에서 우연히 제설
차가 다가오는 장면이 내려다보이면 온 가족을 다 불렀다.
반면, 나는 '그것이 뭐가 그렇게 좋은데?'라고 퉁명스럽게 말
하곤 했다.

  결혼 후 반년이 훌쩍 넘은 어느 날, 그녀로부터 모스크바
시내 구경 한번 시켜 달라는 요청을 받았다. 나는 '아니, 모
스크바 온 지 일 년이 다 되어 가는데 아직 시내 구경도 한
번 못 했어?'라는 생각이 들었고, 내가 너무 무심했다는 생각
과 함께 자책감이 파도처럼 밀려왔다. 그래서 하루 날을 잡
아 그녀에게 모스크바 시내 구경을 시켜 주기로 했고, 우선
금강산도 식후경이라 당시 러시아인들 사이에 인기가 높았
던 맥도날드를 사 먹기로 했다.

  그런데 웬걸! 푸시킨 광장에 있던 맥도날드 1호점에 도착
하니 맥도날드를 사 먹기 위한 대기 줄이 마치 뱀이 똬리를
튼 것처럼 꾸불꾸불 수백 미터는 되어 보였다. 평소 내 성질
대로 했다면 당장 그 자리를 떠났겠지만, 그날은 그녀가 모
스크바에 온 지 거의 일 년 만에 나온 첫 시내 나들이라 인내

심을 갖고 끝까지 차례를 기다려 햄버거를 사 먹었다.

1990년대 초중반 러시아를 방문한 수많은 외국인과 현지 러시아인들에게 맛과 추억을 선사했던 맥도날드는 지난 2022년 러시아의 우크라이나 침공으로 인해 아쉽게도 30여 년간의 여정을 마치고 완전 철수했다고 한다.

한 나라가 무너지면
생기는 일들

소련이 1991년 12월 26일 자로 공식 해체되자, 러시아를 비롯한 구소련 공화국은 너나 할 것 없이 빠른 속도로 혼란의 구렁텅이 속으로 빠져들었다. 그 아름답던 모스크바는 순식간에 쓰레기와 걸인들로 넘쳐났으며, 이러한 불행은 시민 생활에만 국한되지 않았다. 길거리에 버려진 반려동물 또한 부지기수였다.

이 시기에 나타난 대표적인 사회적 현상은 바로 빈부격차의 급속한 확대였다. 당시 고등 교육을 받고, 국내외에서 다양한 경험을 쌓았던 공산당 간부, 고위급 군인과 정보요원 출신들은 기득권으로 부와 권력을 계속해서 누렸던 반면, 고급정보와 인맥 형성 측면에서 상대적으로 열악한 환경에 놓여 있었던 일반 국민들에게는 중상위층 이상으로 진출할 수 있는 기회가 쉽게 주어지지 않았다.

특히, 전환기 사회주의 경제의 핵심문제 가운데 하나였던 자본주의적 소유로 전환하는 과정에서 도입된 국영기업 민

영화 및 사유화 정책은 철저한 연구와 충분한 사전 준비 없이 급격히 추진되다 보니 국가 경제가 일시적으로 마비되는 상황까지 악화되기도 하였다. 그리고 농업부문에서의 집단 농장 해체 및 자영농으로의 전환은 극심한 농식품 수급 부족 문제로까지 비화됨으로써 당시 가뜩이나 어려웠던 국민들의 삶에 혼란을 더욱 가중시켰다. 이 혼란기에 자본주의적 소유제도의 작동 메커니즘을 일찍 깨우친 부류 가운데 요즘 우리에게 익숙한 이름인 러시아 올리가르히라는 새로운 계층을 탄생시키는 주역들이 나타났다.

당시 러시아에는 부패현상도 전방위에 걸쳐 나타났다. 대통령의 가족에서 마피아까지 연결되는 구조였다. 당시 상황을 연구한 한 국내 연구 자료(기초학문자료센터, 「러시아 사유화 과정 속의 국유기업의 부패현상 연구」)에 따르면, 전환기 시대 러시아의 부패는 구체제의 유산을 극복하는 과정에서 나타나는 기득권 계층의 저항과 자본주의 시장경제 체제로 급격하게 변화하는 과정에서 나타나는 정치·경제적 불안정, 법률체계의 미비, 경제의 비효율성, 취약한 시민사회, 권력으로부터의 소외 등에 의해 나타나는 현상의 일종이라고 한다.

사회안전망도 붕괴되었다. 그전까지 국가가 모든 책임을 지던 교육, 보건, 사회복지는 전환기 과정에서 취약해진 국가재정으로 인해 실질적으로 뒷받침되지 못했고, 급기야 사

나는 매일 새로운 항해를 시작한다

회안전망의 최후의 보루인 연금제도와 주택제도까지 뿌리째 흔들렸다. 그러나 내 경험에 따르면, 그 어려운 상황 속에서도 영유아 보육제도는 가녀리게나마 그 명맥을 유지하고 있었다.

나는 유학 생활 중 딸아이를 얻게 되었는데 당시 우리가 다니던 대학병원은 우리 딸이 태어나자 일정 기간 동안 담당 의사와 간호사의 왕진 서비스를 제공해 주었고, 아기 분만도 무료였다. 그리고 아기가 태어나면 아기 옷, 이유식 등도 무료로 배급해 줬다. 다만, 이유식은 주변에 사는 다른 가족들과 팀을 구성해서 월요일부터 일요일까지 매일 돌아가면서 센터에서 직접 수령하여 집집마다 배달해 주어야 했다.

처음으로 부모가 된 가정에는 별도 육아서비스도 제공되었다. 지금까지 남아 있는 기억 가운데 하나는 우선 아기가 태어나자마자 보자기로 팔과 다리를 똘똘 말아 움직이지 못하게 두는 것이었다. 아기가 엄마 배에서 세상 밖으로 나오면 손과 발이 통제가 안 되어서 자기 몸에 상처를 입힐 수도 있기 때문이란다. 보자기로 꼭꼭 싸매어 키운 덕분인지 우리 딸의 다리는 나와는 다르게 올곧다.

산책의 중요성도 엄청 강조했다. 하루에 한두 시간, 우리 기준으로 보면 추워서 밖에도 못 나갈 날씨인 마이너스 15도까지도 꼭 산책을 시키라고 조언했던 것 같다.

사람의 기본 풍모는 쉽게 변하지 않는다. 그런데 당시 상황이 얼마나 급작스럽게 악화되었으면 모스크바에서 줄곧 살아온 나도 느낄 수 있을 만큼 빠르게 모스크바 시민들의 얼굴 표정과 외모에 변화가 나타났다. 아마도 가장 큰 타격을 받은 계층은 그 누구보다 연금생활자가 아니었을까. 나중에는 마치 전 국민이 장마당에 나선 것 같은 상황이 연출되기도 했다. 국가란 무엇인가? 정말 많은 것을 느낀 시기였다.

나는 매일 새로운 항해를 시작한다

3장

초년생 공무원을 거쳐 캐나다로

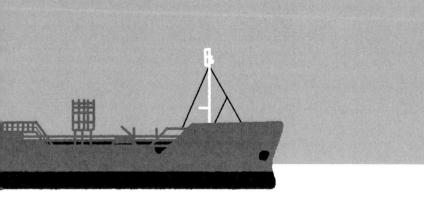

공무원 시험 준비

        가정을 이룬 후 곧이어 딸아이도 태어나니 가장으로서의 책임감이 봄날에 새싹 돋듯이 자라나기 시작했다. 간헐적으로 들어오는 아르바이트를 하면서 직장은 현지 채용이 아닌 본사 정규채용 과정을 거치는 것이 장래 직장 생활에 유리하다는 사실도 깨닫게 되었다. 자연히 국내 취업에 관심이 커지게 되었고, 국내 가족들에게도 앞으로 있을 각종 취업 시험에 대한 정보를 부탁했다.

    내가 대학을 졸업할 즈음, 한국과 러시아 양국관계가 빠르게 발전해 나가고 있었기에 어쩌면 공직에 진출할 기회가 올 수도 있겠다는 느낌이 강하게 들었다. 그 예감은 적중해 부모님과 통화 중 공무원 특별채용 시험이 있다는 소식을 접하게 되었다. 보다 자세한 내용은 작은형으로부터 전달받았고 1995년 6월 대학 졸업과 동시에 바로 귀국하여 시험 준비에 몰두했다.

    그 시험은 김영삼 정부하에서 세계화 전략을 실무적으로

지원할, 외국어에 능통하고 국제적 소양과 전문지식을 겸비한 국제관계 전문가를 뽑는 특별채용 시험이었다. 제1회 시험이다 보니 시험과목은 국사와 전공뿐이라 부담은 많이 덜었으나, 5급 국가공무원 채용시험이었기에 준비 자체가 그렇게 녹록지는 않았다.

나는 우리 집 지하실에 자리를 잡고 시험 준비에 돌입했고, 그해 하반기에 실시된 1차 시험인 국사에 높은 성적으로 무사히 통과했다. 2차 시험은 주어진 주제에 대한 러시아어 에세이와 말하기 시험으로 구성되었는데, 에세이는 예상했던 주제 가운데 출제되어 시간 내 만족스러운 답변을 제출할 수 있었다. 말하기 시험도 시험장에서 즉석 러시아 시를 읊는 등 고득점을 위해 최선을 다했다.

최종합격자 소식은 부모님과 함께 집 마당에서 가을걷이를 하던 중에 듣게 되었다. 나의 합격 소식을 접한 부모님은 매우 기뻐하셨다. 평생을 공직에 몸담으셨던 아버지와 평생 내조자였던 어머니의 기쁨은 이루 말할 수 없었을 것이다.

물론 아내가 제일 기뻐했다. 언제쯤 내가 제대로 된 남편이 될 것인지 고민 중이었던 그녀로서는 정말 기대 이상의 선물을 받은 것이다. 나중에 그녀가 말해 줘서 알게 된 사실이지만, 장인어른께서도 막내 사위인 내가 공무원 시험에 합격한 것이 기적으로 느껴지신 모양이었다. '한 서방이 그 어려운

　　　　　　　나는 매일 새로운 항해를 시작한다　〜〜〜〜

시험에 합격하다니…'라고 하셨단다.

하루아침에 가문을 빛낸 훌륭한 아들, 남편, 사위와 딸아이의 아빠가 되었다.

인도네시아 보르네오
현장방문

우리 집안 남자들은 공무원이거나 한때 공무원이었다. 아버지는 철도청 공무원으로 정년 퇴직하셨고, 큰형은 직업군인, 작은형은 농림부, 나는 통상산업부에서 근무하게 되었다.

아버지께서는 슬하의 아들 셋 모두가 당신과 같이 공직자가 되었고, 그것도 의(나, 통상산업부), 식(작은형, 농림부), 주(큰형, 국방부)를 관장하는 부처에 골고루 근무하게 된 것을 매우 자랑스러워 하셨고 동네 어르신이 모이는 자리에 가면 항상 아버지께서 술값을 내셨다고 한다. 어릴 때부터 떡잎이 그다지 튼실하게 보이지 않았던 나까지 공무원이 되었으니 얼마나 기뻐하셨을지 짐작할 만하다.

나는 1996년 1월 15일 자로 통상산업부 자원정책과 사무관 시보로 공직을 시작하였고, 그해 8월 정식 사무관에 임명되었다. 입부 당시 나는 수 개의 국가와 체결된 자원협력위원회(일본과는 에너지실무협의회) 운영과 자원정책국 국회업무를 담당했다.

통상산업부는 김영삼정부 출범과 동시에 추진된 정부조직 개편에 따라 과거 상공부와 동력자원부가 합쳐져 생겨난 부처였다. 그러다 보니 과거 동력자원부 한 개의 과가 담당하던 업무를 통상산업부 사무관 한두 명이 담당하는 경우도 발생하게 되었고, 내가 맡은 업무도 마찬가지였다. 과거 해외자원개발과 업무를 내가 거의 전담하게 되었다.

통상산업부 근무 2년 동안 가장 기억에 남는 일화는 당시 모 장관님을 모시고 한-인도네시아 자원협력위원회 참석차 인도네시아 출장을 갔던 때이다. 장관급 출장일 경우, 장관 비서관이 출장수행 직원의 간단한 이력을 확인하는 모양이었다.

출장준비에 한창이던 어느 날, 장관 비서관이 호출하여 올라가 보니 대뜸 한다는 말이 '한 사무관! 고등학교 때 반에서 꼴등 했지'라는 것이다. 나는 처음 그 말이 무슨 뜻인지 이해하지 못한 상태라 '반에서 중간 정도는 했습니다'라고 대답했다. 그는 자신의 친 누나 아들이 나와 같은 고등학교를 다녔는데, 누나가 자기 아들이 명문고 다닌다고 평소 그렇게 자랑을 하더라는 것이다. 그런데 나의 출신대학이 좀 특이했던지 학교 다닐 때 공부 안 하고 땡땡이나 치다가 지방대학

간 것 아니냐는 말이었다. 나는 '우리 후배들이 똑똑해서 내가 명문고 나왔다는 소리를 다 듣는구나' 하는 뿌듯함을 느끼면서, '해양대가 동 분야에선 세계최고 명문 대학인데 국민들이 우리 대학에 대해 잘 모르고 있구나' 하는 생각을 했다.

비서관의 다음 질문은 '보르네오섬에 도착 후 삼탄까지는 헬기를 이용한다면서?'였고, 나는 '예, 그런데 헬기가 가끔 떨어진다고 합니다'라고 대답했다. 그러자 바로 난리가 났다. '보통 출장도 아니고 장관님 출장 일정인데 그런 위험한 운송수단을 보고하다니…' 등 말이 많았다. 특히 당시 장관님 출장 일정을 직접 챙기고 계셨던 자원정책실장님 귀에까지 대화 내용이 들어가, 나 대신 우리 국장님께서 엄청 야단을 맞으셨다는 소문이 돌았다.

당시 일정은 인도네시아 수도 자카르타에서 자원협력위원회를 개최하고 이튿날 주식회사 삼탄이 운영하고 있던 보르네오섬 소재 삼탄 현장을 방문하는 것이었다. 그런데 현장이 워낙 오지에 위치하고 있어 가용한 이동수단이 헬기밖에 없었던 것이다.

우려에도 불구하고 우리는 예정대로 인도네시아로 출장을 떠났고 자카르타 행사는 무난히 개최되었다. 다음 날 대표단은 일반 항공기편을 이용하여 보르네오섬까지 간 다음, 삼탄 현장까지 계획대로 헬기를 타고 갔다. 헬기로 이동하면서 내려다본 보르네오섬의 웅장한 산림과 자연 발화로 불타던 들판은 아직도 기억에 남는다.

대표단이 삼탄 현장에 도착하자 현지 학교 운동장에서 공식 환영행사가 열렸다. 그 환영식은 마치 70~80년대 외국 정상이 우리나라를 국빈 방문했을 때 했던 거리 환영행사를 연상시켰다. 삼탄 관계자 설명에 따르면, 그 환영행사에 지역 주민 거의 모두가 동원되었단다. 그곳은 이미 삼탄 공화국이었다.

다음 날 우리는 삼탄 사무실에서 멀지 않은 곳에 위치한 야자수 조림지도 방문했는데 그 규모 또한 나를 압도했다. 미래를 보는 혜안을 갖춘 우리 기업인들이 세계 곳곳에서 활약하고 있는 모습을 직접 목도하는 일은 공직자로서 큰 행운이었다.

해외자원개발 유공자 포상

한편 당시 한-인니 자원협력위원회는 에너지·
자원분야 위원회 중 유일한 장관급 회의였다. 호주, 몽골, 러
시아 등과는 실장급 또는 국장급 위원회가 운영되고 있었고,
그 밖에 일본과는 국장급 에너지실무협의회가 운영되고 있
었다. 한-인니 자원협력위원회에 참석한 장관께서는 느끼는
점이 많았는지 귀국하자마자 해외자원개발 유공자들에 대한
연말 포상을 지시하셨다.

나는 과장님의 지시에 따라 우리 부에서 수년간 운영되고
있던 '상공의 날' 포상제도를 참고하여 해외자원개발 유공자
포상제도를 마련하는 데 기여하였다. 포상 규모는 제1차 포
상임에도 불구하고 기업인들에게 명예의 상징인 '상공의 날'
포상 규모에 크게 뒤지지 않은 규모로 준비하였다.

그해 연말 IMF 구제금융 대상국 전락으로 온 나라가 난리
통인 가운데에서도 훈·포장, 대통령 표창 등을 포함하여 약
40명에 대해 건국 이래 처음으로 해외자원개발 유공자로 포

상하게 되었다.

뒷이야기이지만 이 포상은 통상 행정절차를 따진다면 추진 자체가 불가능에 가까웠다. 물론 당시 장관의 특별지시가 있었고, 자원정책실장, 국장, 과장 등이 총출동하여 총무처 카운터파트에게 진심 어린 협조를 요청했으나 그들의 답변은 한결같았다. 연초 상훈 계획에 우리 포상이 포함되지 않았을뿐더러, 총무처가 모든 심의절차를 생략한 채 임의로 특정 포상을 결정할 수는 없다는 것이 설명의 요지였다. 그러던 어느 날 상훈담당자와 통화하던 중 나는 '밑져야 본전이다'라는 심정으로 '이 건은 부총리로 막 영전하신 전 장관님의 지시사항이다. 앞으로 발생하는 문제에 대해서는 나도 모르겠다. 총무처에서 알아서 해라'라고 말하고 전화를 끊어버렸다. 그로부터 얼마 후, 총무처 상훈담당자로부터 연락이 왔다. 상훈에 필요한 수량만큼 훈장과 포상 및 부상을 준비해 두었으니 바로 수령해 가란다. 이렇게 해서 '제1회 해외자원개발 유공자 시상식'이 성사되었다.

훈장과 포상도 중요하지만 모든 직장인에게 승진은 특히 중요한 의미를 지닌다. 특히 공직사회에서 승진은 그 의미가 남다르다. 정부 각 부처마다 실제 승급 기간이 제각각이긴 하지만, 나는 당시 외교부 기준으로 볼 때, 서기관 진급은 입부

8년 차에 했으니 상대적으로 빨리 한 편이었다. 그런데 그 이후부터는 정말 느렸다. 아이들이 초등학교 다닐 때 서기관이었는데 대학 졸업할 때까지도 여전히 서기관이었다.

그뿐만 아니라, 첫 간부 보직인 과장직은 외교부 본부가 아닌 국무조정실에서 했다. 언뜻 보기에 기분이 아주 나쁠 것 같지만, 막상 인생 전체를 따지고 보면 큰 손해도 득도 아니었다. 그냥 공평하다. 인생은 자기가 기여한 만큼 보상받기 때문이다.

국무조정실에서 1년 반 동안 과장직을 무사히 마치고 다시 러시아 대사관 참사관으로 부임했다. 대사관에 부임하니 3년 전 이미 한 바 있는 총무참사관 보직을 맡으란다. 그 후 1년이 지나 다자업무 담당 정무참사관으로 자리를 옮겼고, 업무가 손에 익을 만할 때인 2018년 춘계인사에서 라트비아 대사관 대사대리로 부임하게 되었다.

그리고 대사대리로 1년 반쯤 근무했을 무렵인 2019년 초, 우리 대사관이 리가분관에서 정식 대사관으로 승격되었고, 그해 11월 인사에서 라트비아 초대 대사로 임명되었다. 이것이 관운이라면 관운이다. 그러나 사주에 관운이 있다고 가만히 있으면 되는 것이 없다. 스스로도 그에 걸맞은 엄청난 노력과 책임 있는 선택을 해야 한다.

보안의 중요성

　　어느 날 아침 출근을 하니 청사 복도에 상당량의 문서철이 노란색 포대자루에 담긴 채 버려져 있었다. 나는 호기심에 포대자루를 이리저리 뒤적여 보았다. 그 가운데 한 문서철에서 전 대통령 친필 서명이 되어 있는 서류를 발견했다. 나는 서류철 담당과 직원에게 사실을 말하고 서류 재분류 작업이 필요하지 않느냐고 문제제기를 했지만, 업무 담당자는 그 서류철을 소각조치하겠다고만 한다. 나는 정말 놀랐다.

　　그뿐이 아니다. 당시 청사의 주인은 과장을 좀 하자면, 부처 직원들이 아니라 청소하는 아주머니들이었다. 그분들은 그 누구보다 먼저 출근한 후 등근 열쇠 꾸러미를 들고 다니면서 장관실부터 일반직원 사무실까지 청소를 이유로 그 누구의 통제도 없이 아주 자유롭게 출입을 하셨다. 그 당시만 해도 직원들 책상 위에는 야근하다 그냥 두고 간 비밀등급 서류가 즐비했다.

그다음 청사 주인도 또 다른 형태의 아주머니들이었다. 야식시간이 되면, 머리에는 음식을 가득 이고, 손에는 육수 주전자를 든 요식업 종사 아주머니들. 내 눈에는 이 모든 게 이상하게 보였다.

문서소각 절차도 이야기에서 빼놓을 수 없다. 각 부처에서 폐기되는 문서는 청소부 아저씨들이 끄는 리어카에 실려 소각장으로 보내졌는데 나는 그 이후가 더 궁금했다. 과연 전부 소각처리 될까? 재분류되어 누군가에 의해 악용되지는 않을까? 버려진 문서 초안에는 최종 문서의 최소 90% 이상의 정보가 포함되어 있기에 그 심각성은 매우 컸다.

이와 같이 나는 입부 당시부터 우리나라 정부기관의 정보보안의식 수준과 보안 대응조치에 대한 실망감이 적지 않았다. 좀 더 다르게 표현하면, '이거 한번 해볼 만한 조직이다'는 느낌이 들기도 했다. 다행히 지금은 정보보안 의식수준과 대응조치에 대한 인식이 크게 개선되었고, 보안실패에 대한 책임 또한 커졌다.

나는 매일 새로운 항해를 시작한다

딸아이에게 큰 고통이

　　외교부 통상교섭본부로 전입해 온 지 1여 년이 되던 1999년 봄 어느 날, 우리 가족에게 청천벽력과 같은 소식이 날아들었다. 딸아이가 불치병에 가까운 급성림프구성 백혈병(Acute Lymphocytic Leukemia)에 걸린 것이다.

　　평소에 웃음이 참 많았던 아이였는데 어느 때부터 시작된 미열이 수 주간 계속되었다. 아내가 관양동에 있는 소아과를 데리고 다녔지만 별 차도가 없자 의사선생님이 '무조건 큰 병원으로 가 보라' 했단다.

　　그래서 아내는 당시 막 개원하였던 평촌 한림대학병원으로 갔다. 그리고 병원에서 아이가 백혈병이라, 자신들은 치료할 수 없으니 무조건 퇴원 조치하란다면서 나에게 전화했다. 나는 바로 병원으로 달려가 담당 의사와 면담을 요청했으나, 그 의사는 이런저런 평계로 전화통화 외 나와의 직접 대면은 회피했다. 그래서 나는 단도직입적으로 그 의사에게 물었다.

　　"만약 당신 딸이 백혈병이라면, 어느 병원으로 가겠느냐."

담당 의사는 서울대병원, 세브란스병원, 강남성심병원 등을 추천해 주었고, 나는 바로 택시를 타고 서울대어린이병원으로 향했다. 서울대병원으로 가는 길에 직장동료, 고향에 계시는 부모님 등 여기저기 전화를 걸어 이 사실을 알리고 입원에 필요한 도움을 받고자 하였으나 어려웠다.

서울대어린이병원 응급실에 도착하니 병원이 만원이라면서 응급실에 들어오는 것조차 허용되지 않았다. 그래도 우리는 서울대학병원 아니면 아무 데도 안 가겠다고 분명히 말하고, 응급실 밖 벤치에 앉아 죽어 가고 있는 아이를 바라만 보며 어쩔 줄 몰라 하고 있었다.

다행히 당직 간호사가 불러 응급실에 들어갈 수 있었고, 수간호사 한 분이 우리를 친절하게 맞이해 주었다. 그 수간호사의 도움으로 입원조치가 신속하게 이루어졌고, 우리는 병원에서 하루를 보냈다.

입원하자마자 수액이 투입되었다. 의사선생님은 수액이 투입되면 이로 인해 백혈구가 죽게 되고, 갑자기 죽은 백혈구가 신장 기능을 마비시킬 수 있기 때문에 아이를 수시로 깨워 오줌을 누이도록 하라고 신신당부했다. 우리는 축 늘어져 있는 아이를 수시로 깨워 오줌을 누였다. 그날 함께 입원했던 다른 환아 한 명은 불행히도 하늘나라로 갔다. 그렇게 길

나는 매일 새로운 항해를 시작한다

고 긴박했던 첫날이 지나갔다.

  지금도 당시만 생각하면 머리가 쭈뼛쭈뼛 선다. 그 귀여운
아이들이 항암제로 인해 머리가 다 빠지고, 얼굴은 누렇게
떴다. 어떤 아이는 얼굴이 부었고 어떤 아이는 뼈만 앙상하
다. 지옥이 따로 없었다.

  어느 날 나는 병원 계단으로 나와 두 주먹을 불끈 쥔 채,
'하느님, 도대체 내게 왜 이러십니까?' 하고 하늘에 주먹을
날리려고도 했다. 그러나 그때 나는 깨달았다. 불의의 사고
로 한순간에 자식을 잃는 것에 비하면 나는 그래도 다행이
었다. 나에게는 적게는 며칠에서 많게는 수년 동안이나마 사
랑을 다해 아이를 돌볼 수 있는 기회가 있는 것 아닌가. 나는
바로 감사의 기도를 올렸다.

  딸아이 투병기간 중 많은 직장상사, 동료들이 용기와 응
원을 보내주었고, 의사 선생님들께서도 친절히 대해 주셨다.
그분들께 진심으로 감사드리고 싶다.

  우리가 배정된 병실에는 4~5명의 환아가 입원해 있었는
데, 환아마다 병명이 다 달랐다. 그 가운데에는 몇 개의 희귀
병을 동시에 앓는 환아도 있었다. 하느님은 존재하는가? 왜
아이들에게 이런 형벌을 내리신걸까? 정말 맨 정신으론 이해
가 안 되었다.

환자가 투병에서 승리하는 요인은 여러 가지가 있겠지만, 나는 환자와 환자 가족의 마음가짐이 중요하다고 생각한다. 다시 말하면, 우선 환자 스스로가 살려는 의지가 있어야 하고, 그다음은 그 환자를 살리려는, 그 환자를 돌보는 주변 가족의 의지가 강해야 한다.

투병기간 중 옆 침대 환아가 먼저 하늘나라로 갔다. 그 환아는 백혈병이 재발한 경우로, 그 아이의 부모는 매우 지쳐 있었다. 서로 소리치고 싸우기도 했다. 그러던 어느 날 그 환아는 집중치료실로 옮겨졌고, 며칠 후 우리에게 슬픈 소식이 전해졌다.

지금도 그 당시를 떠올리면 가슴이 먹먹해진다. 아직도 눈에 선한 그 아이의 명복을 빈다.

탈출구를 찾아서

1999년만 해도 우리나라는 각종 암, 백혈병 등 난치병에 대한 의료보험 적용이 잘 안 되었다. 난치병 치료제는 가격이 비쌀 수밖에 없었고, 이는 정상적인 가정 생활에 직접적인 타격을 주었다.

정말 슬픈 일이지만, 병원에 입원을 하면 제일 먼저 병명이 무엇인지 등 신상을 파악하고, 그다음 어느 정도 관계가 구축되면 부부가 이혼하는 방법을 알려 주기도 한다. 무슨 얘기를 하려는지 짐작이 되겠지만, 당시 일반 근로자의 수입으로는 난치병 치료비 감당이 거의 불가능했다. 그러다 보니, 환아 부모들은 각종 절감 방안을 고민했고, 그중 한 방법이 형식상의 이혼을 통해 홀어머니가 되는 것이었다. 그런 경우 정부로부터 재정적 지원이 있었다.

처음 두서너 달은 병원비가 월 수백만 원씩 나왔는데, 이는 양가 부모님 그리고 형제들의 도움으로 해결할 수 있었다. 그 외에 전·현직 직장동료, 친구 및 지인들도 물심양면

으로 많은 도움을 주었다. 그러나 그렇게 몇 달을 지내니 나
뿐만 아니라, 형제, 가족 및 친인척 모두에게 부담만 줄 뿐이
라는 결론이 나왔다. 이에 나는 탈출구로 재외공관 근무를
택했다. 그런데 막상 어느 공관으로 가느냐는 또 다른 문제
였다. 왜냐하면 외교관 및 그 가족에 대해 과거 병력에 관계
없이 의료보험 혜택이 주어지는 국가로 가야 했기 때문이다.
이 과정에서 정말 많은 분들이 도움을 주셨다.

당시 국장님은 면담 바로 다음 날, 나를 국장실로 호출하
시더니 몬트리올 총영사관에 자리가 났으니 부임 준비를 하
라고 말씀하셨다. 분명 중앙부처 인사가 특정 국장 한 명에
의해 좌지우지되는 것이 아닐진대 이는 내가 눈치채지 못하
는 사이 많은 분들이 나를 위해 사방팔방으로 노력하셨다는
뜻이다.

그 후 수년의 시간이 흐른 뒤, 과장 보직 문제로 인사담당
국장님을 만나, 동기들에 비해 한참이나 늦어진 보직 인사에
대해 살짝 불평 아닌 불평을 표시했더니 그분 대답의 요지는
이랬다. '본부 과장급 인사사정이 여의치가 않다. 좀 더 기다
려라. 대놓고 할 얘기는 아니지만, 우리가 그동안 당신에게
많은 배려를 해 온 것이 사실이다.' 구구절절 맞는 말씀이어
서 나는 더 이상 아무 말도 못하고 그 자리를 물러났다. 사실
그 국장님은 캐나다 근무 당시 인사과 차석 서기관이었고,

내가 캐나다에만 6년 반을 근무할 수 있도록 배려해 주신 분 가운데 한 분이었다.

우리 옛말에 '긴 병에 장사 없고, 긴 병에 효자 없다'라는 표현이 있다. 정말 맞는 말이다. 모두가 힘들다.

내가 여기서 말하고자 하는 것은 다름이 아니라, 사회안전 망이 잘 구축된 복지국가가 건설되어야 한다는 것이다. 그중 에서도 높은 교육수준, 안정된 주거와 함께 최고 수준의 보 건의료 서비스의 중요성을 간과할 수 없다.

그 가운데 우리 국민들의 삶에 가장 직접적이고 민감하게 다가오는 이슈는 뭐니 뭐니 해도 보건의료 서비스라고 생각 한다. 큰 병을 한 번 앓아 본 사람은 이 말이 무슨 의미인지 금방 알아챌 것이다.

그동안 한국의 의료보험제도도 꾸준히 개선되어 이제 세 계적인 수준이 되었다. 아마 세계에서 가장 훌륭한 제도일 지도 모른다. 그러나 지속적인 제도개혁과 개선이 필요하다. 특히 적용대상과 항목과 관련하여 저소득층 등 소외계층, 난 치병 환자들에 대한 특단의 조치가 있어야 할 것이다.

딸아이가 아프니 정말 눈앞이 깜깜했다. 다행히 캐나다의 높은 보건의료 서비스 수준 덕택에 그 암울하던 터널에서 살 아 나올 수 있었다. 오늘날의 캐나다 보건의료 서비스 수준은 20여 년 전과 달라졌으리라 생각한다. 사실 이미 내가 근무하던 당시부터 캐나다의 의료보험제도 개혁이 시작되어 의료보험 대상 기준이 대폭 상향조정되었을 뿐 아니라, 그 운영관리도 보다 깐깐해졌다.

캐나다와의 인연도 어느덧 20년이 흘렀다. 그렇지만 나는 아직도 당시 교민분과 연락을 주고받고 있다. 그만큼 우리 가족에게 많은 추억이 쌓인 곳이다.

부임 초기에는 생소한 업무로 인해 애를 많이 먹었다. 그 가운데 예산 업무는 지금과는 달리 모두 수작업으로 해 단순 물리적 업무량만 해도 엄청났다. 거기에다 서무, 외신, 파우치 및 경제통상 업무까지 맡다 보니 정말 눈코 뜰 사이 없이 바빴다.

부임하고 약 2년이 흐른 후 후임이 왔고, 그때부터 나는 영사 및 경제통상 업무만을 전담하게 되었다. 나는 특히 재외국민 서비스에 최선을 다했다. 외교관 신분인데도 외국 생활에 어려움이 많을진대, 일반 국민들이 마주하고 부딪히는 애로사항은 부지기수일 것이다. 민원인 한 분 한 분이 모두 우리 형제자매라는 생각으로 대하려고 노력했다. 항상 문제를 풀려는 자세로 그들을 도왔다. 그리고 한-캐나다 수교 40주년 기념사업의 하나로 '퀘벡주 종합 안내서'라는 책자도 발간했다.

당시 총영사님의 뜻이기도 하였으나, 사무실에서 재외국민을 마주하는 것 이외에도 주말에 총영사님과 함께 약 1년간 20여 개가 넘는 종교단체를 방문하여 그들과 종교행사를 함께하면서 애로사항을 청취하곤 했다.

그로부터 상당한 시간이 흐른 후, 나의 딸과 아들이 자라서 몬트리올 소재 대학에서 유학을 했는데 그들 또한 유학시절 현지 교민사회를 위해 봉사하다 보니 자연히 지금까지 그분들과 연락이 닿고 있다. 당시 업무차 교류하던 교민사회 지도층 인사들은 이제 대부분 80세 이상이다. 그분들의 건안을 기원한다.

하느님의 손길

나는 어린 시절 불교 신자셨던 할머니를 따라 절에 가곤 하였다. 종교에 심취해서 다녔다기보다 당시 절에 가면 평소 집에서는 맛보기 어려웠던 절간 음식을 먹을 수 있었기 때문이었다. 또한 내가 초등학교 다닐 때 봄가을 소풍은 주로 주변에 위치한 유명 사찰로 갔기에 절은 우리에게 친근한 곳이기도 했다. 그러다 보니 학교서류, 공무원 임용 서류 등 각종 공문서의 종교란에 자연스럽게 불교라 적었다.

나는 청소년기와 성년이 되어서도 종교 활동은 특별히 하지 않았다. 그 이유 가운데 하나는 어릴 때 기억 때문이었다. 초등학생 때 친구를 따라 성탄절 전야 예배에 간 적이 있었는데 그때 교회 관계자가 선물을 나누어 주면서 그날 처음 교회에 나온 나에게는 선물을 주지 않았다. 그 일 이후 나는 교회에 대한 관심을 완전히 끊었다. 보란 듯이 차별하는 것에 대한 실망감이 컸기 때문이었다.

그러던 어느 날, 딸아이 병간호와 집안 살림에 지친 아내가 자신을 종교시설로 안내해 달라고 부탁했다. 나는 주말마다 아내를 데리고 가까운 한인교회부터 한 곳씩 한 곳씩 방문하면서 기도를 드렸고 최종적으로 성당에 안착하였다.

처음 성당을 다닐 때 나는 오로지 기사 역할만 했다. 그러던 어느 날 딸아이가 많이 아파 성당에 갈 수 없게 되자, 아내가 가족대표로 가서 기도를 열심히 드리고 오란다. 그렇게 나의 종교 활동은 시작되었고 세례까지 받게 되었다.

세례를 받기 위해서는 세례명을 정해야 했는데, 나는 아내에게 성경에서 제일 큰 어른이 누구냐고 물었다. 아브라함이란다. 그렇게 세례명을 아브라함으로 정했다. 쉽게 정한 이 세례명이 버겁게 느껴질 때도 있다.

하느님은 우리 가족에게 긴요한 일들이 생길 때마다 그에 적절한 사람들을 보내 주셨다. 우리 외교부 인사 기록상 북미지역 소재 공관에서 연속 근무하는 경우는 매우 드문 사례로 알고 있다. 나는 몬트리올과 밴쿠버 총영사관에서 총 6년 반을 연속 근무했다. 엄청난 배려가 있었기에 가능했다.

당시 딸아이 치료에는 의학적으로 약 6년의 시간이 필요했는데 몬트리올에서의 3년은 그야말로 눈 깜짝 할 사이에 지나가 버렸고, 이에 우리는 6개월마다 실시되는 정기 인사에서 연장 근무에 목숨을 걸다시피 했다. 그러나 혼자 열심히 한다고 되는 외교부 인사가 아니다. 많은 분들의 특별한 관심과 지원, 그리고 배려가 없이는 불가능했다.

정말 놀랍게도 인사 시즌이 다가올 때면 어김없이, 인사에 영향을 미칠 수 있는 분들이 본부에서 또는 주변 공관에서 출장을 오거나 개인적으로 방문하곤 했고, 나는 그분들을 통해 인사 문제를 해결할 수 있었다.

그뿐만이 아니다. 그동안 살아오면서 하느님의 손길을 느낄 때가 여러 번 있었다. 그래서 나는 감사의 기도를 자주 한다. 그러나 나의 기도는 아주 자유분방하다. 아침에 출근할 때 엘리베이터 안에서, 오르내리는 계단에서, 커피를 마시거나 음식을 먹으면서도 기도를 한다. 내가 기도할 때 지키는 원칙은 하나다. 그것은 어떤 경우에서라도 맨발 상태로 기도를 하지 않는다는 것이다.

상상해 보라. 명품 옷을 걸친 신사숙녀라 할지라도 양말을 신지 않은 모습은 정말 이상하지 않은가? 반대로 허름한 옷을 입더라도 양말을 신으면 완성된 느낌을 준다. 기도할 때도 최소한의 예의가 필요하다고 생각한다.

막내아들

　　막내가 태어날 때 나와 아내는 탯줄에서 조혈모세포가 든 혈액을 채집하여 현지 혈액은행에 냉동보관했다. 당시 보관 기간은 최장 15년이었다. 그 기간 내 막내나 누나가 필요할 경우 언제든지 사용할 수 있도록 했다.

　　그렇게 중차대한 사명을 띠고 태어난 막내는 두 살이 다 되어 가도록 말을 잘 못했다. 할 수 있는 말은 아빠, 엄마 그리고 양말, 가자! 정도였다. 하도 이상해서 고향에 계시는 부모님께 여쭈어 보았더니, 당장 병원에 가 보라고 하시면서도 아이들 중에는 종종 말문이 늦게 트이는 경우도 있으니 큰 걱정은 말라고 하셨다. 그런데 어머니께서 덧붙이시길, 우리 형제는 어릴 때 말을 빨리 배웠고 말도 많았단다. 내 기억에도 할머니께서 '영남에도 없는 입'이라고 종종 나의 말 많음을 나무라셨다.

　　몬트리올에서 그렇게 두 해가 지나간 후 2004년 봄 밴쿠버로 이사했다. 그런데 그곳 보건소에서 실시된 정기검진 과정에서 간호사가 막내의 반응이 여타 어린이들보다 느린 것 같다면서, 평소 아이에게 이상한 점이 없었는지를 캐물었다. 우리는 말하는 것이 좀 느린 것 같기는 하나 조만간 좋아질 것이라 말하고, 그 이후 별다른 조치를 취하지 않았다.

그러다 어느 날 막내가 공원 벤치에서 놀다가 뒤로 넘어져 머리를 바닥에 찧는 사고가 발생했다. 우리는 부랴부랴 근처 병원으로 달려가 우선 응급치료를 받았다. 이후 지역 소아과를 지정받아 치료를 받으러 다녔다. 어느 날 담당 의사가 막내의 귀를 점검하는 과정에서 고막부분이 두꺼운 귀지로 막혀 있다는 사실을 발견하고는 어떻게 아이의 귀가 이렇게 될 때까지 부모가 모를 수 있었느냐고 하면서 도저히 이해할 수 없다는 표정을 지었다. 우리는 첫 번째 아이도 아니고 세 번째 아이인데 우리가 왜 귀 청소를 안 해 주었겠냐며 우리도 정말 이 정도였을 줄은 몰랐다고 해명했다.

어쨌든 귀 청소 이후 막내는 제대로 소리에 반응하기 시작했고, 그동안 막혀 있던 말문이 조금씩 트이기 시작하더니, 채 몇 개월이 지나지 않아서 거의 정상이 되었다. 우리는 한때 막내가 불어권인 몬트리올에서 태어나, 경상도 억양의 한국어와 영어만 듣고 자라다 보니 우리말을 빨리 못 배우나라고 생각한 적도 있다.

그 후로 막내는 공부도 제법 했다. 가끔 성적이 예상보다 낮게 나오면, 자신이 공부를 적게 한 것이 아니라, 무지한 부모로 인해 가장 감수성이 예민했던 성장기 2년을 잃어버렸기 때문이라고 우리에게 화살을 돌리기도 한다. 지금은 한국어, 영어, 러시아어도 곧잘 한다.

청사와 관저 찾기

재외공관의 주요 시설물은 크게 대사관이 위치하고 있는 청사 건물과 공관장인 대사나 총영사가 거주하면서 외교활동을 펼치는 관저로 나뉜다. 그리고 부동산의 소유권 형태에 따라 국유화 건물과 임차 건물로 다시 나뉠 수 있다.

내가 근무하던 몬트리올 총영사관의 경우, 청사와 관저 건물 둘 다 임차 건물이었다. 그런데 무슨 연유인지 청사와 관저 건물주 모두 우리와 계약기간 연장을 하지 않겠다고 서면으로 알려 왔다. 당시 총무업무 담당이자 가장 주니어 외교관이었던 나에게 청사와 관저 물색이라는 흔히 접할 수 없는 과제가 떨어졌다.

우선 첫 번째 미션, 관저 이전을 위해 현지 부동산 업체 서너 군데와 접촉하여 관저 물색에 나섰다. 당시 몬트리올의 중심 주택지는 웨스트마운트(Westmount)와 우트르몽(Outremont) 지역이었고, 우리는 그 양 지역에서 관저 후보지를 집중 물색해 나갔다. 그러나 인생사 늘 그렇듯이 주택이 마음에 들면 예산이 부족하고, 아니면 그 반대였다.

개인적으로 부동산학에 입문한 적은 없지만, '부동산은 발품이다', '현장에 답이 있다'라는 생각으로 여건이 허락하는 한 가급적 직접 현장을 확인해 보려고 노력했다. 비록 그에 따른 행정적인 소모도 많았지만, 한 집 두 집 방문을 통해 그 지역의 생활 및 건축양식과 더불어 집 주인의 사회적 위치, 예술적 취향까지도 느낄 수 있는 정도가 되었다.

그다음 미션은 청사 이전이었다. 첫 미션 이행 절차와 유사하게 현지 부동산 업체를 통해 시내 상업건물 가운데 'S'와 'A'급 중심으로 후보지 물색에 들어갔고, 마침 몬트리올의 랜드마크 건물에서 적절한 사무공관을 찾을 수 있었다. 아무리 소규모 공관이라 하더라도 십여 년간 겹겹이 쌓인 먼지, 문서철 그리고 사무용 집기는 예상보다 많았고, 청사 이전에만 수일이 소요되었다. 현재 우리 몬트리올 총영사관겸 ICAO 대표부가 당시 이전했던 그 건물에 그대로 자리 잡고 있다.

한편, 2001년 9월 11일 빈 라덴과 그가 이끄는 무장조직인 알카에다가 항공기 납치를 통해 세계무역센터 등 미국의 주요시설 공격을 시도한 일명 9.11 테러사건 당시, 우리 총영사관이 소재한 건물도 테러 요주의 건물로 지정되어 한동안 긴장된 분위기 속에서 근무했던 기억이 난다.

국제민간항공기구(ICAO)
이사국 진출

우리나라는 2022년 10월 캐나다 몬트리올에서 개최된 제41차 국제민간항공기구(ICAO) 총회에서 2001년도에 처음으로 이사국에 진출한 이후 여덟 번째 이사국 연임에 성공함으로써 우리에 대한 ICAO 회원국들의 신뢰와 항공강국으로서 위상을 재확인할 수 있었다.

ICAO란, 2차세계대전 이후 국제민항분야의 질서 있는 발전을 위해 1947년 설립된 유엔전문기구이며, 항공기 제조, 운송, 관제 등 전 국제민항분야 관련 정책 및 국제기준을 결정하고, 이를 이행하기 위한 지침을 제공하는 등의 역할을 수행하는 기구이다. 그리고 ICAO 이사회는 3년마다 열리는 총회에서 당선된 36개 이사국 대표로 구성되며, 총회에서 결정된 항공정책의 집행을 결정·감독하고 항공분야 국제기준의 제·개정안 채택, 국제 항공분쟁 중재·조정 등 입법·사법·행정권한을 갖는 ICAO의 실질적 의사결정 기구이다.

우리나라가 ICAO 이사국에 처음 진출하던 그해, 나는 몬

트리올 총영사관에서 국제민간항공기구 업무를 직접 담당
하지는 않았지만, 동 총회에 참석한 우리 대표단의 활동 지
원과 이사국 선거 전 바로 개최되었던 리셉션 업무를 담당
했다.

기존 Part-III 이사국들의 견제와 선점효과, 그리고 그해 8
월 미국연방항공청(FAA)으로부터 국제 항공노선의 사망선고
와 다름없었던 항공안전 등급 2등급까지 받게 되어 우리나
라의 ICAO 이사국 진출 전망이 그리 밝지만은 않았다. 그러
나 우리나라는 핸디캡을 극복하고 ICAO 가입 49년 만에 당
당히 이사국에 진출했다.

함께 근무하면서 선거를 준비했던 건설교통부 직원들은
아마도 지옥에서 살아난 느낌이었으리라 생각된다. 그 덕분
에 우리 총영사관은 주몬트리올총영사관 겸 ICAO대표부로
공관 명칭이 변경되었고, 나의 대외직명도 영사 겸 2등서기
관으로 재지정되었다.

공직에 몸담고 있는 동안, 우리나라의 국정 과제 이행에 직
간접적으로나마 기여할 수 있다는 것은 공직자의 복 가운데
가장 큰 복이라 생각한다.

기러기 가족, 유학생, 마약운반책
그리고 밀입국

몬트리올을 떠나 밴쿠버에 새 보금자리를 틀었다. 동포사회의 분위기가 몬트리올과는 사뭇 달랐다. 몬트리올을 기성세대에 비유를 한다면 밴쿠버는 청장년 세대였다. 몬트리올의 초기 동포사회는 우리의 개발연대 시대 외화벌이를 위해 머나먼 독일로 떠나셨던 분들 가운데 캐나다로 재이주해 오신 분들이 주축이었던 반면, 밴쿠버 동포사회는 주로 투자이민자이거나 자녀교육 등을 위해 오신 분들이 많았다. 밴쿠버 동포사회가 몬트리올 동포사회보다 훨씬 컸고, 그러다 보니 자연히 우리 동포관련 사건사고도 많았다.

당시 사건사고 담당 영사로 근무하면서 겪은 내용 가운데 기억나는 것 서너 가지를 이야기하면 이렇다.

먼저, 기러기 가족 이야기다. 기러기 가족이라는 표현이 정확히 언제부터 생겨났는지는 불분명하나, 2000년대 초 우리 사회의 핵심 화두 가운데 하나였던 것만큼은 분명하다. 그래서 한국민족문화대백과사전을 찾아보니 '자녀 교육을 위하여 배우자와 자녀를 외국으로 떠나보내고 홀로 국내에 남아 뒷바라지하는 아버지. 기러기 가족·국제적 비동거 가장·신글로벌 별거 가족'이라고 정의하고 있다. 그리고 용어의 연원은 '기러기 아빠는 1990년대 조기유학 열풍에서 생겨난 현상으로, 평소에는 한국에 머물며 돈을 벌다가 일 년에 한두 번씩 가족이 있는 외국으로 날아간다는 점에서 철새인 기러기와 비슷해 이름이 붙여졌다'라고 쓰여 있다.

당시 밴쿠버는 우리나라 조기유학 대상지역 가운데 가장 핫한 곳이기도 했다. 그러다 보니 별별 이야기가 많았고, 이러한 현상을 취재하기 위해 국내 여러 방송사에서 다녀가기도 했다. 담당 영사인 나도 본의 아니게 한두 번 방송을 타게 되었는데, 2년 후 귀국하니 희한하게도 우리 아파트 관리아저씨께서 나를 알아보았다. 그만큼 관심을 끈 이슈였다.

다음은 유학생 이야기다. 당시 밴쿠버에는 장기 유학생에서 어학 연수생들까지, 주말 저녁 로브슨(Robson) 거리에 가면 주변이 온통 한국인들이었다. 자연스럽게 유학생 관련 사건사고가 잦았다. 그 많던 사건사고 가운데 정말 안타깝기 그지없었던 경우는 수년간의 유학 생활을 마치고 귀국하기 직전 스키사고로 사망한 사건, 수업을 따라가지 못해 학교에서 제적되었으나 그 사실을 부모님께 알리지 못하고 끙끙대다 잘못된 경우 등이다.

특히 2002년 한일공동개최 월드컵이 열린 해는 더했다. 당시 우리 유학생들을 보고 있자면, 마치 우리나라가 세계의 중심이 된 것마냥 모두 사기가 과하다 싶을 만큼 충만했고, 그것들은 크고 작은 사고들로 나타나곤 했다.

그다음은 마약운반책 이야기이다. 2000년대 초반, 우리나라는 남미의 마약생산지로부터 동남아지역으로 마약을 운송하는 중간 경유지 같은 곳이었고, 그러다 보니 고의든 선의든 간에 마약에 연루된 사건사고가 종종 발생했다. 통상 마약운반책이 체포·구금되는 경우, 주재국 관할 당국에서 우리 영사관에 연락을 취해 온다. 그러던 어느 날, 구치소에 한국 여성 두 명이 여차여차한 사유로 구금되어 있으니, 영사조력차 면회를 희망하거나 또는 필요가 있다고 판단될 경우 이를 공식적으로 요청하라는 내용이 전달되었다.

나는 주재국 관련 당국의 제공 정보를 우선 본부와 관계기관에 보고하고, 이후 관계기관의 요청에 따라 피의자들을 면담했다. 파악된 사건의 요지는 공항 검색대를 통과하는 과정에서 마약 단속반에 의해 허리춤에서 다량의 마약이 발견되어 수차례에 걸쳐 조사했지만, 동인들은 '자기들은 전날 지인들과 반주를 한 후 그냥 호텔에서 잤으며, 자기들의 허리춤에 마약이 숨겨져 있는 줄은 전혀 몰랐다'라고 주장한다는 것이었다.

나는 두 사람을 차례로 만나보았다. 첫 번째 여성은 침묵으로 일관하는 바람에 아무런 정보를 확인할 수 없었으나, 두 번째 여성은 나의 설득에 반응하기 시작했다. 그녀의 답변은 이랬다. '영사조력에는 감사하다. 허나, 지금 한국에 가면 나는 죽는다. 오히려 이곳 감옥에서 한 2년 영어공부 한다는 셈 치고 복역한 후 귀국하면 조직에서 잊혀 있을 것이다.' 나는 더 이상 할 말이 없었다.

마지막으로 밀입국 이야기이다. 우리나라는 지난 1994년 5월 1일 캐나다와 비자면제협정을 체결하였다. 주한캐나다대사관이 2019년 한-캐나다 비자면제협정 체결 25주년을 기념하여 개최한 행사에서 발표한 캐나다 통계청 해외여행 조사(ITS) 자료에 따르면, 무비자 협정 전인 1993년 기준으로 약 4만여 명의 한국인이 캐나다를 방문한 데 비해 비자면제협정이 맺어진 1994년에는 그 수가 2배로 증가했다. 2017년에는 역대 최대인 약 30만 명이 캐나다를 방문해 1993년 대비 600% 이상의 증가율을 보이며 대폭 성장한 것으로 나온다.

이것은 분명 정책의 긍정적인 효과다. 그러나 어떤 정책이든 긍정적인 측면이 있으면 거기에는 다소간 부정적인 측면도 생기듯이, 어느 날 갑자기 캐나다가 미국 밀입국 루트로 떠오르게 되었다. 당시 우리 총영사관 관할 지역이 여러 주에 걸쳐 있어서, 오늘은 이 주에서, 다음 날은 다른 주에서 우리 국민 밀입국 체포사례가 발생하였다. 담당영사였던 나는 이 주 저 주를 다니면서 필요한 영사조력에 나섰다.

밀입국을 시도하는 사연도 미국에 먼저 밀입국한 가족과 합류하기 위해, 해외로 도피하기 위해 등 다양했고, 그 가운데에는 어린이나 노약자가 포함되는 경우도 종종 있었다. 요즘도 밀입국 수요가 많은지, 그리고 캐나다-미국 국경상황이 어떤지 궁금하다. 아마도 정보통신기술의 발달로 국경통제 시스템이 더욱 견고하고 세밀하게 강화되었으리라 추측해 본다.

4장

러시아,
카자흐스탄,
라트비아

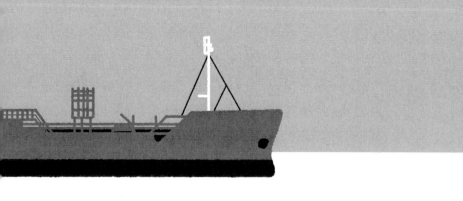

다시 밟는 러시아

통상교섭본부 구주통상과 차석으로 근무한 지 2년이 되던 해 러시아대사관으로 인사발령이 났다. 그동안 개인사정으로 인해 두 번 연속 캐나다 지역 총영사관에서 근무하다 보니, 자연히 나의 주특기인 러시아를 포함한 구소련 지역 근무가 늦어지게 된 것이다. 나는 러시아에서 활동할 스스로에 대한 기대가 컸다.

사실 러시아대사관 발령은 순식간에 결정되었다. 본부로 귀임한 지 만 두 해가 지나가니 벌써 엉덩이가 들썩거렸다. 별 기대는 하지 않은 채 인사 담당자에게 혹시 재외공관에 자리 하나 있으면 고려해 달라는 내용으로 메일을 하나 보냈었는데, 웬걸! 일이 성사되려니 그다음 날 바로 연락이 왔다. 모스크바에 자리가 하나 났으니 가겠느냐는 것이다. 나는 바로 아내에게 이 사실을 알리고 모스크바로 가기로 했다. 소련 유학생 출신인 나로서는 당연한 결정이었다.

모스크바에 도착하니 감개가 무량했다. 유학생 시절에는

감히 상상하지도 못했던 대한민국 외교관이 되어 부임했으니 말이다. 모스크바에 거주하던 친구들도 반갑게 맞아 주었다. 함께 공부하던 친구 중 몇몇은 대학교수가 되었고, 몇몇은 대기업에서 일하고 있었다. 돌이켜 보면, 소련 유학 1세대는 초기 정착에 어려움이 많이 있었지만, 이후 세대와는 다르게 평생 직장을 찾는 행운이 깃든 세대였다.

나는 그 누구로부터 대표성을 부여받진 않았지만, 소련 유학 1세대를 대표한다는 마음가짐으로 대사관 근무에 임했다.

나는 정말 열심히 일했다. 악명 높은 모스크바의 교통체증 시간을 피하기 위해 매일 아침 6시 40분이면 집을 나섰고, 퇴근은 거의 밤 9시 이후에 했다.

주어진 업무도 많았다. 나는 경제과 1등 서기관에 불과했지만, 대사님께서 참사관급 이상이 참석하는 간부회의에 자주 부르셨다. 주재국 주요인사 면담 시에도 업무 소관부서에 상관없이 대사님께서 내가 필요하다고 판단되면 나를 배석자에 포함시켰다. 그 이유는 특정사안에 대해 나만의 이해와 시각을 갖고 있었기 때문이라 생각한다.

그날 주어진 일은 가급적 그날 마무리하려고 노력했다. 주요인사 면담 결과는 그날 저녁 전문으로 완성했다. 그러다 보니 많은 날을 새벽 한두 시까지 사무실에서 보내게 되었다. 이렇게 약 두 해가 지나니 잇몸에 난리가 났다. 거의 모든 이에 피와 고름이 생겼다. 풍치 같기도 했다. 겨우 수소문하여 모스크바 치과대학병원에 가니, 의사 선생 말씀이 내 이 중에 성한 것이 거의 없단다. 그냥 두면 치암으로 발전할 수 있으니, 이것도 뽑아야 하고 저것도 뽑아야 한단다.

"의사 선생님, 난 아직 40대입니다. 벌써부터 이빨을 뽑기 시작하면 어떻게 합니까? 가급적이면 치료를 통해 이빨을 살려야지요! 부탁합니다." 나의 간절한 요청에 담당의사의 대답은 간단명료했다. "도대체 이렇게 될 때까지 뭘 했어요? 당신 이 중 성한 이가 거의 없어요!" 나는 담당의사에게 매우 불쌍한 표정을 짓고 다시 부탁해 보았으나 별 도움이 안 되었다.

병원에서 치료대기 중이던 어느 날, 나는 옆 치과의사는 대기 환자가 없음을 확인하고 바로 그 의사에게 다가가서 내 치아를 한 번 검사해 달라고 부탁했다. 그 의사는 검사 후 몇 가지 종류의 약을 처방해 주면서 우선 한 주 정도 잇몸 상태를 지켜본 후 그다음 어떻게 할지 고민해 보자고 했다. 나는 말 잘 듣는 학생처럼 처방약을 2~3일 복용했고, 바로 차도가 있음을 느낄 수 있었다.

그후 계속 그 의사에게 치료를 받았다. 나의 치아는 선친을 닮아 아주 튼튼했으나, 네 대는 결국 뽑아야 했다. 풍치로 인해 잇몸이 이를 지탱할 수 없었던 것이다. 정말 상심이 컸다. 그 후 10여 년 동안, 임플란트와 같은 대체 이를 하지 않고 살고 있다. 이 네 대가 없으니 발음이 새 영어, 러시아어 발음이 더 가관이 되었다.

맥가이버

　　어느 날 대사님이 내가 맥가이버 같단다. 맥가 이버는 1980~90년대 국내에서도 인기리에 방영된 바 있는 미국 TV 시리즈물이다. 주인공이 방대한 과학지식을 바탕으로 어려운 문제들을 척척 풀어내면서 악당들을 물리치는 내용이다.

　　당시 나는 주러시아대사관에서 경제과 1등 서기관으로 일했다. 자연히 국내 경제부처에서 파견된 주재관들의 업무에도 직간접적으로 관여하게 되었다. 일은 전시회 참가 물품 통관 문제 해결에서부터 주요인사 면담 추진 등 다양했다. 그 가운데에 서 캄차카(West-Kamchatka) 해상유전 개발 사업으로 야기된 에피소드는 이렇다.

　　당시 한국석유개발공사와 러시아 로스네프트사(Ros-Neft)가 공동으로 서 캄차카 해상유전을 개발하고 있었는데, 러시아 정부가 공동개발사 측의 합의사항 불이행을 이유로 개발권을 회수한 후 이를 로스네프트사에서 가스프롬사

(Gazprom)로 이관해 버렸다.

그 사건으로 당시 대사님은 로스네프트사 사장인 세르게이 보그단치코프(Sergey Bogdanchikov), 로스네프트 이사회 의장 이고르 세친(Igor Sechin) 등 참으로 다양한 인사들과 만남을 가졌으며, 가스프롬사로 개발권 이관이 된 이후부터는 알렉세이 밀러(Alexey Miller) 가스프롬 회장을 만나 협상을 이어가야만 했다. 그러나 당시에도 밀러 회장의 위상은 대단했고, 쉽게 그와의 면담 일정이 잡히지 않았다. 대사관에는 한국석유공사 주재원, 산업부 주재관 등이 근무하고 있던 때라 그들도 최선을 다해 노력했지만 결국 성사시키지 못했다.

하루는 대사님께서 나에게 밀러 회장과의 면담을 주선해 볼 수 있겠느냐 했고, 나는 바로 대사님 사무실 전화로 지인에게 연락하여 밀러 회장과의 면담을 성사시켰다. 대사님은 그런 나를 높이 평가했다. 나를 도와준 지인은 가스프롬 자회사인 가스프롬네프트 부사장급 인사였고, 그는 과거 상트페테르부르크 시청 국제부 근무 시절 러시아 정부 최고위층과도 인연이 있던 사람이었다.

그 외에도 크고 작은 일들이 많이 있었고 나는 최선을 다했다. 그 결과 주러시아 대사관에 1등 서기관으로 부임한 지 두 해 만에 승급하여, 통상본부 과장을 역임한 후 받을 수 있는 대외직명인 4강 대사관의 총무참사관이 되었다. 그리고 이어서 국무총리 표창과 대통령 표창도 받게 되었다.

맥가이버 이외에 다른 별명도 여럿 가지고 있다. 대표적인 것은 고등학교 때 도덕 선생님께서 지어 주신 새마을 지도자, 고등학교 친구가 지어 준 말갈족 추장, 대학교 때 교수님께서 붙여 주신 캡틴 드레이크(Captain Drake), 부처 선배들이 지어 준 불도저 등이다.

끊임없는 도전

러시아대사관에서 근무한 지 1여 년이 지나자 담당 업무에 나름의 자신감도 생기고 업무처리에도 속도가 붙기 시작했다. 그래서 나는 그동안 중단했던 공부를 계속해야겠다는 생각을 하게 되었고, 바로 실행에 옮기기로 했다.

우선 직속상관인 경제공사에게 말씀드린 후 대사님께 보고를 드렸는데 흔쾌히 승낙해 주셨다. 두 분은 '직장 상사는 부하직원들이 업무에만 집중하기를 원하시겠지!'라는 나의 선입견을 단번에 무너뜨려 주셨다. 특히, 당시 대사님께서는 수시로 나의 학위과정에 관심을 보이셨는데, 이는 내가 학위과정을 중단하지 않고 끝까지 마무리하는 데 큰 힘이 되었다.

나는 쇠뿔도 단김에 빼라 했다고 한번 결정이 내려진 이상 바로 모스크바국립대학 경제학부를 찾아갔다. 일이 쉽게 풀리려니 90년대 초 모스크바국립대학 입학 당시 외국인 학생 담당자였던 따찌아나가 언 17년이 지난 그때에도 여전히 자리를 지키고 있었다. 우리는 마치 어제 만났던 사람처럼 바로 서로를 알아보았다. 나는 현 상황을 설명하고 입학절차를 밟았다. 더더욱 다행이었던 것은 학부 때 나의 지도교수였었던 부즈갈린(Alexandr. A. Buzgalin) 교수님도 여전히 그 자리에 계셨다는 것이다. 따찌아나는 일사천리로 입학절차를 처리해 주었고, 나는 그해 10월 박사학위 야간과정에 무사히 입학할 수 있었다. 이렇게 쉽게 시작된 나의 학위과정은 고난의 행군이었다.

야간과정의 특성상 수업은 주중에는 오후 5시 이후에, 그리고 주말 토요일에 집중되었다. 문제는 주중 수업이었다. 대사관 업무시간이 오전 9시부터 오후 6시까지였으므로 수업에 참가하려면 업무시간 중간에 나올 수밖에 없는 상황이었다. 어쩔 수 없이 나는 철학 수업의 반은 불참키로 했다. 그런데 동서양을 막론하고 교수님의 출석체크는 언제나 수업 시작 때 이루어지므로 나는 항상 결석처리 되었다. 때문에 수업 중간 휴식시간에 별도로 교수님을 찾아뵙고 용서를 구해야 했다.

그런 가운데 시험기간이 다가왔고, 교수님은 내가 그동안 수차례에 걸쳐 일 때문에 어쩔 수 없이 수업의 반을 빼먹을 수밖에 없는 사정임을 설명해 드린 바 있음에도 불구, 나의 결석을 문제 삼아 시험 칠 자격을 부여하지 않겠다고 했다.

내가 교수님께 어필하기 위해 다가가자 교수님은 다음의 요지로 질문했다. '지금 당신에게 무엇이 더 중요한가? 일인가 아니면 공부인가?' 나는 '나에게는 일이 더 중요하다. 현재의 일이 없으면 내가 이 자리에 있지 못하기 때문이다. 그래서 나에게는 일이 우선이다'라고 답했다.

교수님은 내 대답을 듣고 얼굴이 붉게 상기되었다. 단단히 화가 난 모양이었다. 아마도 '공부가 더 중요합니다'라는 대답을 기대하셨던 거 같다. 그래야 다음 대응이 훨씬 간단했을 테니 말이다. 그러고는 나를 한참을 쳐다보시더니, 내 대답이 너무 세속적이라 실망스러웠으나, 반대로 매우 현실적인 대답이라 생각했는지 시험 칠 자격을 주셨다. 그 과목은 겨우 통과했고, 나머지 전공과 러시아어는 그나마 괜찮은 점수를 받았다.

정무참사관

주로 경제 부서에서 근무하다 2017년 춘계 관
내 인사에서 처음으로 정무 업무를 맡아 보게 되었다. 다자
담당 정무참사관의 주요 업무는 러시아의 대외정책 동향 파
악 및 대응, 그리고 겸임국가인 아르메니아 관련이었다. 지금
도 논란이 지속되고 있는 이란 핵 등 중동문제, 나고르노 카
라바흐 전쟁 등 지역분쟁과 같이 세계 주요 언론 매체의 국
제면 톱뉴스를 장식하고 있는 이슈들에 대한 러시아의 시각
및 정책 등을 파악하고 이에 대응하는 업무였다.

약 1년 동안의 정무참사관 시절은 러시아의 관점에서 지역
및 국제 문제들을 하나하나씩 들여다볼 수 있었던 매우 유
익한 시간이었다. 비록 짧은 기간이기는 했지만 러시아 정부,
학계 및 각 분야별 주요인사들과 긴밀히 교류할 수 있었던
소중한 기회이었을 뿐만 아니라, 사안별로 서방과 러시아의
시각을 비교하고 분석해 볼 수 있었던 값진 시간이었다.

당시 재외공관에서 보고하는 전문 가운데 공유할 정보가

치가 있다고 판단되는 전문은 재편집되어 전 재외공관에 재
배포하는 시스템이 구축되어 있었다. 러시아의 세계적 위상
때문이었지만, 내가 보낸 전문도 자주 이에 포함되어 재배포
되었다. 이는 내게 매우 큰 기쁨과 보람을 주었다.

　이번 글은 주로 내가 살면서 겪은 다양한 경험과 에피소드
위주로 엮었지만, 언제 기회가 되면 보다 학술적으로 접근하
는 책을 한번 써 보고 싶다.

고르바초프 소련 대통령

    고르바초프는 1985년 3월 역대 최연소 소련공산당 서기장에 당선되었다. 그리고 내가 모스크바에 유학 갔던 그해, 1990년에는 대통령 간접선거를 통해 초대 소련 대통령이 되었다. 그는 소련의 수장이 되자마자 지난 수십 년간 누적되어 온 계획경제의 폐해와 정치제도의 문제점을 해결하기 위해 페레스트로이카라는 경제개혁 정책과 글라스노스트라는 정치개방 정책을 추진했다.

    동서고금을 막론하고 개혁은 단숨에 그리고 과감하게 해야 하며, 그 이후 국민들의 일정한 지지를 받아야 성공할 가능성이 높아진다고 한다. 다시 말하면 개혁은 국민들이 소름을 느낄 정도의 강도로 해야 하며, 개혁 피로감이나 반대 여론이 형성되기 전에 마무리해야 하고, 개혁 효과 지속성을 유지하기 위해 국민여론 관리에 특별히 관심을 기울일 때에야 가까스로 성공할 수 있다는 뜻일 것이다.

    그는 전임자들보다 젊고 똑똑한 정치인으로 국내외에 소

개되었고, 일정 기간 이미지 또한 그렇게 구축되었다. 그러나 정치는 이미지만 먹고사는 생물이 아니었다. 여느 국민들처럼 당시 소련 국민들도 나라와 자신들을 수렁에서 꺼내 줄 수 있는 초능력을 갖춘 정치인을 필요로 했다. 그 결과 그가 추진하던 개혁개방정책은 그의 당초 의도와는 다르게 정치경제사회 전 부문에 걸쳐 다양한 형태의 혼란상을 야기했고, 이는 소련연방 체제 해체의 길로 줄달음치게 하였다.

그러다 그는 주권국가연맹 창설조약 서명 예정일 하루 전인 1991년 8월 19일, 당시 소련 부통령이었던 야나예프, 국방장관 야조프 그리고 KGB 수장이었던 크류츠코프 등 소위 3일천하 쿠데타 주동세력에 의해 권좌에서 물러나는 듯 보였으나, 원칙적으로 쿠데타에 반대하는 옐친 등 신진정치인들과 국민들의 강력한 저항으로 가까스로 권좌에는 복귀하였다. 그러나 그는 그 일로 인해 대통령으로서의 권위와 권력, 그리고 정국 주도권을 옐친 등 신진정치인들에게 내주게 되었고, 결국 그해 12월 소련연방 대통령에서 사임하게 된다.

그래서 지금까지도 그에 대한 평가는 다양하다. 그는 1990년 중유럽의 개혁과 냉전 종식에 기여한 공로로 노벨 평화상을 받기도 하였으나, 동시에 러시아 국민들로부터 '조국

나는 매일 새로운 항해를 시작한다

을 팔아먹은 지도자'라는 비판을 받기도 했다. 소련 대통령 사임 이후 1996년 러시아 대통령에 출마하는 등 정계진출을 시도하기도 하였으나 그를 바라보는 러시아인들의 시각은 차갑기만 했다.

나는 그를 통해 '지도자는 국민을 리드해 나가야 하는 책무가 있으나, 지도자와 국민 간의 거리는 어떤 경우에도 손을 내밀면 잡힐 듯 말 듯한 간격을 유지해야 한다'는 깨달음을 얻게 되었다.

1991년 5월, 나는 고르바초프 대통령을 아주 가까운 거리에서 볼 수 있는 기회를 포착했다. 당시 소련에서는 5월 1일 노동절이 되면 노동조합 단위별 퍼레이드가 펼쳐지곤 했다. 모스크바 시내 몇 군데 지정된 광장에 모인 군중들은 행진대열을 만들어 순차적으로 붉은 광장으로 향한다. 수십 개의 노동조합 단위별 깃발을 앞세우고 남녀노소가 웃고 떠들고 이야기를 나누면서 행진하는 일종의 축제 같은 행사였다.

나도 그날 볼로트나야(Bolotnaya) 광장 행진대열에 합류했다. 나는 당시 그 행사의 의미나 내용에 대해서는 잘 알지 못했지만, 그 누구보다도 러시아를 깊이 이해하려고 노력했던 열정이 나를 그곳으로 이끌었던 것 같다.

나는 행진 시작 전에 현장에 도착하여 할머니 할아버지들과 인사도 나누고 하면서 자연스럽게 행진대열에 합류할 수 있었다. 아마도 그들은 내가 고려인쯤 된다고 생각했을지도 모르겠다. 여기저기서 대열을 정비하고 마침내 출발을 하였다. 당시 LG다리로 불리던 볼쇼이 카멘느이 모스트(큰 돌다리라는 뜻)를 건너 레닌도서관과 마녜즈 광장을 지나 역사박물관 앞에서 잠시 행진을 멈추고 정렬을 가다듬었다. 그곳은 이미 다른 방향으로부터 도착한 행진인파로 인산인해였다.

당시 붉은 광장으로의 입장은 역사박물관을 가운데에 두고 왼쪽과 오른쪽 양쪽 도로를 통해서만 가능했는데, 우리 행렬은 레닌 묘에 가까운 오른쪽 입구를 통해 입장하게 되었다.

잘 알려진 바와 같이, 레닌 묘는 국가최고지도자를 안장한 묘역으로서의 역할뿐 아니라 노동절, 국군의 날과 같은 국가 중요 행사 시 소련 최고위 지도자들의 사열대 역할도 하였다. 그날도 레닌 묘 사열대에는 고르바초프를 비롯한 최고지도자들이 쭉 나열하여 서서 사열을 받고 있었다.

나는 사열대에서 약 30미터 정도 떨어진 거리에서 고르바초프 대통령의 축사를 듣게 되었는데, 당시 군중들의 환호와 각종 구호로 귀가 멍멍할 정도였다. 나도 이때다 싶어 아랫배에 힘을 잔뜩 넣고 고르바초프를 서너 번 외쳤다. 물론 내 착각이었겠지만, 마치 그가 나를 찾기 위해 두리번거리는 것처럼 느껴졌고, 이에 용기를 내어 그에게 다가가기를 시도하다가 엄청난 덩치의 보안요원으로부터 바로 제지를 당했다. 보안요원은 나의 뒷덜미를 확 낚아채더니 나를 제자리로 되돌려 놓았다. 그리고 우리는 다시 행진을 시작하여 바실리 성당 쪽으로 빠져나갔다.

그 후 수년이 지나 외교관이 되어 고르바초프 전 대통령을 직접 대면할 기회가 두 번 있었다. 첫 번째 만남은 당시 대사님을 모시고 그를 예방하는 일이었고, 두 번째 역시 당시 대사님을 모시고 국내행사의 특별연사로 그를 초청하는 문제를 협의하는 자리였다. 나는 두 번째 만남에서 당시 노동절 행진 이야기를 꺼냈는데 그는 듣는 둥 마는 둥 아무런 대꾸가 없었다.

한소 관계 정상화

헝가리에서 무작정 모스크바행 기차를 타고 소련에 입국한 지 약 두 달이 흐른 뒤에 고대하던 기쁜 소식이 들려왔다. 우리나라와 소련이 1990년 9월 30일자로 정식 외교관계를 수립했다는 소식이었다. 모스크바국립대학 예비학부에 기적적으로 입학하고 비자문제도 순조롭게 해결되었지만, 그래도 마음의 한구석이 편치 않았던 것은 여전히 양국 간에 공식 외교관계가 수립되지 않고 있다는 점이었다.

양국 간 수교는 잘 알려진 대로 80년대 말 노태우 정부 집권 후 적극 추진되었던 '북방정책'의 산물이었다. 당시 우리 정부는 북한의 강력한 반발과 이에 따른 소련 측의 소극적 태도에도 불구하고 막후채널을 통해 지속적으로 소련 측에 정상회담과 관계 정상화를 제안했다. 이와 병행하여 이미 1989년 12월에 한소 양국은 영사처 상호 개설에 합의하고, 90년 2월 우리나라는 모스크바에 영사처를 개설하였다. 물론 이에 앞서 양국은 1989년 4월 서울과 모스크바에 각각

나는 매일 새로운 항해를 시작한다

무역대표부(우리는 KOTRA 사무소)를 설치하는 등 사전 정지 작업을 시작하였다.

마침내 1990년 6월 4일 미국 샌프란시스코에서 역사적인 한-소 정상회담이 개최되었고, 그 상황을 기록한 국가기록원의 자료에 따르면, 당시 정상회담의 의미를 이렇게 평가하고 있다.

이 회담의 개최는 한국의 북방외교를 한반도의 탈냉전화뿐만 아니라 동북아의 질서개편에도 크게 기여하게 하였다. 제1차 한소 정상회담은 분단된 한국과 분단 책임 당사국인 소련 정상간에 개최된 최초의 회담으로, 냉전시대의 한반도의 정세구조를 획기적으로 변화시키는 동시에 동아시아 정세를 획기적으로 변화시키는 계기가 되었다. (중략) 이 회담을 통해 한소수교는 기정사실화된 것이다. 한소간의 <샌프란시스코 정상회담>은 곧 이어서 한소수교로 이어졌고 노태우 정부 시기의 한소간의 수차례의 정상회담을 통한 관계증진의 시발이 되었다.

그리고 2021년 3월 29일 외교부가 국민의 알권리 차원에서 일반에 공개한 외교문서 자료에 따르면, 양측 실무급에서는 정식 수교일을 1991년 1월 1일로 하는 것으로 합의하고 '대한민국과 소비에트 사회주의 공화국 연방 간에 외교관계 수립에 관한 커뮤니케이션'을 준비했으나, 1990년 9월 30일

유엔본부에서 개최된 한소 외무장관회담에서 양국 외무장관
이 현장에서 수교일자를 회담 당일로 수정하기로 합의했다
고 밝히고 있다.

이로써 한소 양국은 구한말인 지난 1904년 조·러 통상조
약 폐기 이후 86년 만에 관계가 정상화되었고, 수교 이전부
터 소련에서 활동하고 있던 상당수의 유학생, 기업인, 종교
인들에게는 오랜 가뭄 속 단비 같은 희소식이 되었다.

소련 해체, 그 원인은?

소련은 1922년 12월 30일에 건국되어 약 69년 만인 1991년 12월 26일에 해체되었다. 냉전시기 소련은 미국과 함께 세계를 양분한 명실상부한 초강대국이었다. 그러기에 당시 그 누구도 소련이 그렇게 쉽게 해체되리라고 예측조차 하지 못했다. 그러나 소련은 허무하게 무너졌고 그 후과는 정말 대단했다.

그러면 소련 해체의 원인은 과연 무엇일까? 사실 소련 해체 30주년이 지난 지금까지 많은 학자, 언론 및 각종 연구기관들이 그 원인을 연구하고 또한 분석해 왔으나, 세계 초강대국의 해체와 같이 복잡하고 광범위한 사건의 원인을 정확히 밝혀낸다는 것은 불가능하다. 상상해 보라! 오천년 단일민족이라는 자부심으로 똘똘 뭉친 우리나라에도 얼마나 불가사의한 일들이 많이 발생했는가. 당시 소련 구성원 내에는 100여 개가 넘는 소수민족과 15개의 단일국가 수준의 공화국이 활동하였다.

영국의 브리타니카(Britannica)는 글라스노스트(개방) 정책으로 대변되는 정치적 요소, 페레스트로이카(구조조정-자유시장경제 도입)로 대변되는 경제적 요소, 새롭게 권한을 부여받은 시민과 신뢰가 무너진 소비에트 국가 사이의 긴장관계로 대변되는 사회적 요소, 미소 군비경쟁으로 대변되는 군사적 요소 그리고 아프가니스탄 개입 실패와 체르노빌 원전사고에서 그 원인을 찾고 있다.

또한, BBC는 소련 해체 30주년을 맞아 낸 특별 기고문에서 중앙계획경제 체제의 실패, 이데올로기, 구성 공화국들의 민족주의 발호, 국민들의 상실감과 박탈감, 그리고 지도부의 리더십 부재를 들었다.

나 또한 위 두 매체의 지적에 동감한다. 다만, 사회적 요소로 한 가지 덧붙이고 싶은 것은 언제 어디서부터 이러한 현상이 발현되기 시작했는지는 보다 깊은 연구가 필요하겠으나, 최소 소련 해체 전 지난 반세기 동안 소련 사회 전반에 깊이 뿌리내린 적폐(사실, 어느 조직에나 있다), 즉 권한은 집중되고 책임은 분산되는 행태(과다한 처벌규정으로 인해 문서 하나가 최종 성안되기까지는 십여 명의 연대서명이 필요), 온정주의의 만연(지연, 혈연, 학연 등), 그리고 공범의식의 팽배(국가 및 공적 자산의 유용사례가 일반화)가 소련의 붕괴를 촉진시킨 원인 중 하나가 아닐까 생각해 본다.

1990년 3월 11일, 구소련 15개 공화국 가운데 리투아니아가 가장 먼저 독립을 선언했다. 같은 발트연안 공화국인 에스토니아(3월 29일)와 라트비아(5월 4일)가 각각 그 뒤를 따랐다. 그리고 여타 공화국들도 서로 뒤질세라 앞다투어 독립을 선언하기에 이른다.

공화국마다 실질적으로 독립한 날짜는 각각 다르지만, 발트 3국은 1991년 9월 6일 소련 인민대표회의로부터 정식 독립을 승인받게 된다. 나머지 공화국은 1991년 12월 26일 소련이 해체되면서 소련 내 각 구성국이 서로를 국가로 인정하는 형태로 독립하게 되었다.

이 독립과정에서 우리 뇌리에 각인된 독립 시위가 바로 발트의 길(Baltic Way)이다. 2차세계대전 당시 발트 3국은 나치독일과 소련이 체결한 독소불가침조약(소위 Molotov-Ribbentrop Pact라고 불림, 1939년 8월 23일 체결) 내 비밀조항에 따라 소련에 의해 강제 점령되는데, 소련은 1980년대 말까지 동 협정의 존재를 부인하고 발트해 연안 국가들이 자발적으로 소련에 가입했다고 계속 주장해 왔다. 이에 발트 3국의 시민들은 독소불가침조약 50주년 기념일인 1989년 8월 23일에 비밀조항에 대한 인정과 발트 3국의 독립을 요구하는 시위를 개최했다.

이 시위에는 에스토니아, 라트비아, 리투아니아 시민 약 200만 명이 참가하여 탈린-리가-빌뉴스를 잇는 675.5km의 인간 사슬을 만들었는데, 이는 아마 20세기 최대의 민주적 독립 시위의 하나로 기록될 것이다. 또한, 당시 발트의 길을 지지하는 연대 시위가 베를린, 레닌그라드, 모스크바, 멜버른, 스톡홀름, 트빌리시, 토론토 등 세계 곳곳에서 일어나기도 했다.

한편, 나는 라트비아 대사로 근무할 당시, 발트의 길 시위를 직접 주도한 인사부터 어린 나이에 부모님을 따라 현장에 참가했던 인사들까지, 다양한 계기로 시위에 참가한 이들과 교류할 기회가 있었는데 그때마다 그들로부터 당시 상황을 생생하게 전해 들을 수 있었다.

그들은 시위의 가장 큰 성과로 소련이 발트 3국 시민들의 공동 시위에 굴복하고 과거의 모든 범죄를 인정하게 만든 것을 꼽는다. 다음으로 발트 3국의 공동투쟁을 국제적으로 홍보하는 계기가 되었다고 한다. 그들은 시위가 세계 다른 곳의 민주화 운동에 자극을 주었고, 독립을 달성하기 위해 노력하는 다른 국가들에게 긍정적인 본보기가 되었으며, 독일 통일을 자극했다고 생각한다. 마지막으로 민주주의 사상에 대한 믿음이 발트해 연안 국가 시민들을 하나로 묶는다

는 사실을 증명한 점이라고 한다. 당시 시위 영상물이 2013
년 유네스코 세계유산으로 등재되어 있으니 기회가 되면 한
번 시청해 보길 권한다.

문화강국, 예절강국,
독서강국 소련

　　이 이야기는 소련 시절 1년 반과 신생 러시아 시절 3년 반 동안 모스크바에서 살면서 몸으로 직접 부딪히고 마음으로 느꼈던 것들을 매우 주관적인 관점에서 쓴 것이므로, 다른 분들과 입장이 많이 다를 수 있음을 먼저 밝혀 둔다.

　소련! 러시아! 하면, 우리 뇌리에 가장 먼저 떠오르는 단어는 아마도 군사강국, 기초과학강국, 에너지자원부국 등이 아닐까 생각한다. 나는 여기에 감히 문화강국, 예절강국, 그리고 독서강국이었다라고 말하고 싶다. 물론 이는 현재 러시아를 기준으로 말하는 것이 아니라 유학 당시, 그것도 내 생활의 중심이었던 모스크바를 위주로 하는 이야기이므로, 여타 소련 공화국이나 지방의 상황과는 분명 차이가 있을 것이다. 그러나 최소한 당시 모스크바에서는 이런 모습을 쉽게 찾아볼 수 있었다.

첫째, 소련은 문화강국이었다. 초장기 문화정책은 사회주의 종주국으로서의 이데올로기 교육과 체제의 우수성을 선전하기 위한 도구로서 더 많은 기능을 했을 것이다. 그렇게 시작된 문화정책이 시간이 흐르면서 변형과 발전을 거듭하여, 역설적이게도 소련 경제 침체기인 80~90년대에 이르자 더 많은 국민들이 문화예술 활동에 참여하고 즐기면서 문화 선진국으로 우뚝 서게 되었다. 소련 해체 30여 년이 지난 오늘날까지도 러시아가 문학, 발레, 오페라 등 다양한 문화예술 장르에서 독보적인 존재감을 갖고 있는 것이 그것을 충분히 대변한다고 생각한다.

나의 유학 생활 초기를 회상해 보더라도, 볼쇼이 극장 티켓은 모스크바대학 본관 또는 길거리 작은 매점에서도 구매가 가능했고, 티켓 가격 또한 요즘은 상상이 안 될 정도로 저렴했다. 그 덕분에 나는 볼쇼이 극장에서 〈백조의 호수〉, 〈호두까기 인형〉, 〈돈키호테〉 등 세계적인 명작들을 큰 부담 없이 즐길 수 있었고, 문화적 소양도 조금이나마 배양할 수 있었다. 그러나 그러한 행운도 잠시, 물밀듯이 밀려들어 오는 외국인 관광객과 기업인 등으로 인해 볼쇼이 극장 티켓 구입은 '하늘에서 별 따기'가 되어 버렸고, 가격 또한 천정부지로 치솟았다.

그런 상황이 예상보다 빠르게 도래하고, 그로 인해 일반

서민들의 문화 생활 수준이 급전직하로 악화된 데에는 암표상들의 횡포도 분명히 한몫을 했다고 생각한다. 그 이후 나의 문화 생활도 이런저런 이유로 크게 줄어들게 되었다.

둘째, 소련은 예절강국이었다. 동방예의지국에서 온 나를 놀라게 했던 여러 사례 가운데 가장 기억에 남는 장면은 이런 것들이다. 90년대 CNN을 통해 전파를 타는 바람에 전 세계 시민들에게 소련의 속살과 경제적 난맥상을 숨김없이 드러낸 장면이 바로 가게 앞 줄 서기였다. 그 추운 겨울, 긴 줄의 경우 50~60미터는 쉽게 넘기는 그런 줄 서기 속에서도 당시 모스크바 시민들은 노약자, 임산부, 상의군인들에게는 무조건 순위를 양보했다.

어느 날 나는 임신한 아내와 함께 장을 보기 위해 나섰는데, 버스 정류장이 한참 남은 상황에서 우리가 타야 할 버스가 우리 옆을 스쳐 지나갔다. 그런데 웬걸! 그 버스가 멈추어서더니 후진하기 시작했고, 우리가 타기까지 한참을 기다려줬다. 아마도 버스기사는 우리가 버스를 잡으려고 하다가 그만두는 모습을 우연히 보았을 것이다. 그만큼 임산부에 대해 관대했다.

그것뿐만이 아니다. 지하철 등에서도 노약자나 임산부가 탑승하면 그 누구라 할 것 없이 바로 자리를 양보했다. 유학

나는 매일 새로운 항해를 시작한다

을 마치고 한국에 막 돌아온 그해, 나는 아내와 딸아이를 데리고 조상님을 모셔 놓은 선산에 갔다. 그리고 집으로 돌아올 때 버스를 탔는데, 그 버스 탑승객 가운데 그 누구도 아이를 안은 아내에게 자리를 양보하지 않았다. 당시 아내는 어쩔 줄을 몰라 하며 앞뒤로 두리번두리번거렸다. 나는 바로 아내에게 말했다. '여기 모스크바 아냐!' 우리에게는 일종의 문화충격이었다.

오늘날에도 우리나라는 모든 대중교통 수단에 교통약자, 임산부들을 위해 알록달록한 색깔로 뭔가를 표시해 놓아야 하는 나라이다. 이 모든 것들이 나로 하여금 많은 생각을 하게 한다.

셋째, 소련은 독서강국이었다. 소련에 막 도착했을 때 대중교통을 이용하면, 거의 모든 승객의 손에는 책이 들려 있었다. 책이 없으면 최소한 신문이라도 읽고 있었다. 러시아 지하철의 경우, 우리보다 속도는 빠른 반면, 진동과 소음이 대단한데도 불구하고 독서에 열중이던 모습이 인상적이었다. 물론 지금은 스마트폰의 대중화로 그런 모습은 더 이상 보기 힘들 것이다.

덧붙여, 당시 모스크바는 참으로 깨끗한 도시였다. 나는 어릴 때부터 지금까지 특별한 일이 없는 한 아침 5시경이면 기상한다. 어릴 때는 일어나면 주로 소죽 끓이기나 소꼴배기를 했고, 요즘은 아침 운동과 성경읽기 등을 한다. 유학 시절에도 그 습관은 변하지 않았고, 아침에 일어나면 주로 운동을 했다. 새벽 소련 거리에 나가 보면 아저씨 아주머니들이 청소를 하고 있었다. 특히 겨울철에 눈이 오는 날이면, 기숙사 주변 거리는 눈이 미처 쌓일 틈도 없이 깨끗이 청소되고 있었다. 지금도 눈을 감고 당시를 그려보면, 새벽부터 쓱싹쓱싹거리던 빗자루 소리가 들리는 듯하다.

나는 매일 새로운 항해를 시작한다

러시아 정부의 극동개발정책과
남북한 삼각협력 사업

러시아 정부의 극동개발정책은 푸틴이 총리에서 대통령으로 복귀한 2012년부터 본격적으로 시작되었다. 러시아 정부는 극동개발과 아시아태평양 국가들과의 협력을 연계하기 위한 노력의 일환으로 2007년 극동시베리아개발 프로그램 승인, 2011년 극동개발기금 조성, 2012년 극동개발부 신설(2019년 극동북극개발부로 확대), 2015년 선도개발구역법 및 블라디보스토크 자유항법 채택과 함께 동방경제포럼 개최, 2017년 극동지역 외국인 입국절차 간소화법 채택 등 실로 다양한 노력을 경주해 왔다.

그러나 지난 10년 동안의 다양한 노력에도 불구하고, 지역사회 경제지표를 보면 여전히 갈 길이 멀어 보인다. 이 지표에 따르면 동 지역은 풍부한 자원을 보유하고 있어 개발 잠재력이 높으나 여전히 열악한 생활환경과 인프라 미비 등으로 만성적인 인구감소 문제를 겪고 있다. 또한 산업 다면화 및 고도화 문제도 시급히 해결해야 할 과제로 나타나고 있다.

그러면 우리에게 극동지역은 어떤 의미를 가질까? 우리의 입장에서도 극동지역은 지리적 접근성, 지속가능한 발전을 위한 미래 시장, 유라시아의 번영과 평화라는 정치경제적 의미 등의 관점에서 볼 때, 지속적으로 관심을 가지고 관리해 나가야 하는 지역이다.

이 지역은 남북러 삼각협력의 주무대이기도 하다. 남북러 삼각협력은 한때라도 한반도 문제나 한-러 양국관계 발전을 위해 몸담았던 인사라면 늘 머릿속 한구석에 묻어 두고 있는, 그리고 언젠가는 풀어야 할 우리 모두의 숙명과 같은 과제였다.

사실 한-러 양측은 남북러 삼각협력을 통해 한반도와 극동지역 경제권이 연계될 경우, 남북은 물론이고 한-러 양측 모두에게 큰 성장 동력이 될 것이라는 인식과 더불어, 한반도의 평화정착과 공동번영에도 크게 이바지할 것이라는 이해를 갖고 있었다. 이에 우리는 지난 30여 년 동안 '북방정책', '유라시아 이니셔티브', '신북방정책'이라는 다양한 이름으로, 러시아는 '신동방정책', 보다 구체적으로는 '극동시베리아 개발계획'하에 많은 논의가 있어 왔다. 그리고 그동안 정부 간 협의체인 극동시베리아 분과위원회 운용, 북방경제협력위원회 설립, 투융자 플랫폼 운용, 동방경제포럼 참석 등 극동지역 개발 참여를 위해 다양한 노력을 기울여 왔다.

그러나 그러한 노력에도 불구하고, 북핵문제 등으로 인한 남북관계 경색으로 그동안 성과가 별무했고, 최근에는 러시아의 전쟁이라는 변수가 더해져 그 전망 또한 매우 불투명한 상태다. 그동안 논의되어 온 대표적인 사업들로는 나진-하산 물류사업, TKR-TSR 연결사업, 가스관 연결사업, 전력망 연결사업 등이 있었는데, 불행하게도 이들 사업 모두 이런저런 이유로 이미 추가협의나 검토 자체가 중단되는 운명을 맞았다.

한편, 우리의 이웃이자 경쟁국인 일본과 중국도 러시아와의 관계에 열심이다. 일본의 경우 아베 총리의 정치적 열망(남쿠릴열도 관련 평화협정 문제)에 기반, 적극적인 정상급 교류와 함께 러-일 경협 전담 장관 체제 아래 경제협력 프로젝트를 추진해 오고 있으며, 중국 역시 막대한 자금력을 바탕으로 극동지역에서 활발히 경협사업을 추진 중인 것으로 알려져 있다.

나는 본부와 대사관 근무 시, 극동시베리아분과위원회, 중점도시 사업과 동방경제포럼 업무를 담당했었다. 특히 동방경제포럼의 경우, 두 차례에 걸쳐 당시 우리 정상이 참석하였는데 나는 행사 때마다 책임 실무 준비요원으로 선발되어 블라디보스토크 현지에서 한 달씩 체류하면서 정상행사를 준비했다.

외교의 시간 도래

나는 러시아가 우크라이나를 전면 공격하는 우(愚)는 범하지 않을 것이라는 데 한 표를 던졌었다. 왜냐하면 쉽지는 않겠지만 러시아가 우크라이나에 친러시아 정부출범을 도모하고, 이를 통해 분쟁을 해결하는 것이 추가적인 마찰과 희생을 최소화하는 방법이라고 생각했다. 그렇지 않고 무력에 의한 현상 변경이 시도될 경우, 궁극에는 양국관계가 우리 한반도 상황처럼 세기에 걸친 원수지간이 될 뿐이라고 생각했기 때문이다. 그러나 불행하게도 전쟁은 발발하였고 단기간에 끝날 것이라 예상되었던 전쟁은 어느덧 1년이라는 세월 넘게 지속되고 있다. 물론 당시 러시아 사회 내에서 공공연하게 회자되던 '소련 시절의 영광 재현'이라는 그들만의 향수에 대해서 익히 주의를 기울이고 관찰하고 있었으나, 사실 이런 방식으로 표출될 줄은 예상하지 못했다.

이번 사태는 사실 그동안 양국 간에 누적되어 온 불신과 악감정, 독립 이후 새롭게 형성된 민족정체성의 차이, 비정상적 의사결정구조, 정보의 왜곡 등 매우 복합적인 원인과 배경이 함께하고 있다. 이와 더불어 양국 간 헤게모니 경쟁 및 영토분쟁에 대한 러시아와 서방의 시각과 인식의 차이 또한 큰 영향을 미쳤다고 본다.

예로 들면, 러시아는 우크라이나 사태가 2013년 11월 야누코비치 전 대통령의 EU 제휴협정 서명 연기 선언 이후 서방 측의 과도한 개입으로 촉발된 우크라이나 내부 위기에 따른 것으로, 러시아는 당사자가 아니라는 입장이었다.

크림 병합 관련해서도, 이는 2014년 2월 야누코비치 전 대통령의 실각에 따라 집권한 우크라이나 친서방 세력이 친러인 우크라이나 동부의 권한을 축소(공식 언어로서 러시아어의 사용금지 등)하는 한편 NATO 가입 등 급진적 친서방정책을 추진할 것으로 예상됨에 따라, 러시아와 역사적 · 인종적으로 긴밀한 관계인 크림 주민이 주민투표를 통해 압도적으로 러시아 편입을 희망하는 의사를 표명한 점을 들어, 이는 '병합'이 아니라 유엔헌장 및 국제법상 '민족자결권에 부합하는 조치'라고 주장하였다.

또한, 크림 병합 이후 우크라이나 동부의 무력분쟁에 대한 러시아의 개입을 일관되게 부인하면서, 우크라이나 정부와 돈바스(도네츠크/루간스크) 간 직접 대화를 통해 2015년 2월 민스크 합의를 완전히 이행해야 하며, 러시아, 서방, OSCE

등은 이를 측면에서 지원해야 한다는 입장을 보였다.

아울러, 러시아 정부는 우크라이나 정부가 정치적 의무를 불이행하고 있으며 서방이 민스크 합의 이행 관련 우크라이나를 압박해야 한다는 입장인 반면, 우크라이나 정부는 러시아 측이 동부 반군에 대한 지원 중단, 러시아군 철수 등 민스크 합의상 군사적 의무를 우선 이행해야 한다는 입장이었다.

지금 두 나라는 마치 최악의 시나리오를 향해 달려가는 브레이크 없는 기관차 같다. 옆에서 지켜보기에 정말 아슬아슬하다. 그동안 양측 모두 엄청난 외상과 내상을 입었다. 나는 양측 모두 더 이상 상처를 키울 수도 그냥 방치할 수도 없는 상황임을 인지하기 시작했다고 본다. 지난 1년이 정치, 군사가 지배한 시간이었다면, 이제 치유의 시간인 외교의 시간이 도래해야 한다고 생각한다.

유목민의 나라, 카자흐스탄

러시아에서 근무한 지 3년이 넘어서자 다음 근무지를 고민하게 되었다. 아이들도 커서 조만간 고등학생이 될 나이였기에 자연히 영어권 국가에 마음이 끌렸다. 나와 러시아에서 함께 근무했던 참사관들이 앞선 정기인사에서 모두 영미지역으로 발령이 났기에 은근히 나에게도 욕심 아닌 욕심이 생겼던 것이 사실이다.

그렇다 보니, 그동안의 나의 경력과 본부인사과 생각은 물어보지도 않은 채, 아니 짐짓 모르는 척한 채, 인사지원서에 희망지로 영어권 국가 소재 공관을 먼저 선택했다. 당시 인기를 구가하고 있던 중국 지역 공관 선택도 잊지 않았다.

인사결과는 카자흐스탄이었다. 가족들은 실망감을 감추지 못했다. 우리는 이삿짐을 꾸려 카자흐스탄으로 향했고, 다음 날 이른 아침 아스타나에 도착했다. 공항 입국절차를 마치고 수화물을 찾은 후 막 출구로 빠져나오려는데, 아내가 뼈 있는 한마디를 했다. '중국 갈 거라고 큰소리 치더니만 비슷한 나라 왔네!' 그렇게 우리의 카자흐스탄 생활은 시작되었다.

나라마다 그 나라 고유의 손님접대 방식이 있다. 자국 소개 자료에 따뜻하고 융숭한 손님접대가 자국의 자랑거리임을 언급하지 않는 나라가 없을 정도다.

카자흐스탄의 손님접대 방식도 특이했다. 나는 당시 대사님을 모시고 지방출장을 자주 다녔는데, 그 덕에 그 지방의 최고 예우에 대한 사례를 자주 경험할 수 있었다. 공통적인 점은 VIP 테이블 앞엔 늘 양머리가 놓여 있다는 것이다.

사실 그러한 음식은 손님의 평소 식습관과 호불호에 따라 평가가 매우 나뉘기 마련이다. 어떤 분들은 매우 힘들어하기도 한다. 특히 호스트가 양머리의 뇌, 눈알, 귀, 입, 혀 등을 부위별로 썰어 가면서 그 의미 설명과 함께 한 점씩 맛보라고 권할 때 정말 힘들어한다.

나는 참 다행스럽게도 어지간한 음식은 다 즐긴다. 못 먹는 것이 없을 정도다. 그러다 보니 술상무가 아닌 음식상무 역할을 하는 경우가 있었다. 나는 그 일을 매우 즐겁게 그리고 충실히 했다.

그 과정에서 나도 모르게 큰 실수를 하나 했다. 사람마다 평생 주어진 쿼터가 있다는 사실을 간과한 것이다. 술도 음식도 담배도 심지어 사랑도 무제한 리필이 되는 항목이 아니다. 다 쓰고 나면 더 이상 리필은 없다. 그때 너무 많이 먹어서 그런지 높아진 혈당수치로 인해 이제는 양고기 한 점 맛보기도 어렵게 됐다.

카자흐스탄 하면 천산(침불락)을 빼놓고 이야기하기가 쉽지 않다. 나는 카자흐스탄에 근무하는 동안 수차례에 걸쳐 대사님을 모시고 알마티에 출장했는데, 출장 목적 가운데 하나가 카자흐스탄을 방문한 우리 정치인들의 활동을 지원하는 것이었다.

그분들의 일정에 반드시 포함되어 있는 코스가 바로 천산을 오르는 것이었다. 단정적으로 말하기는 어렵지만, 천산의 기를 받기 위해서였다. 그분들을 모시고 천산을 오를 때면 '기 받은 장소가 어딘가?', '누구누구는 여기에서 기를 받고 각료로 입각하였고, 그 누구는 총선에서 당선되었다' 등과 같은 종류의 질문을 받았다. 우리는 기 받은 장소가 특정되어 있지 않다는 것을 알았기에 그들이 원하는 대답을 할 수 없었다. 그러다 대사님과 천산 이곳저곳을 둘러보던 중 제법 그럴듯한 바위 하나를 찾았고, 우리는 그 바위를 차후 대표단을 위한 '천산에서 기 받는 곳'으로 정했다. 그 후 얼마나 많은 분들이 그곳을 방문했는지, 그리고 원하는 기를 받았는지 알 수는 없으나, 그때의 전설이 후임들에게 잘 전해졌다면 지금쯤 그 바위는 우리 정치인들의 방문명소가 되어 있을 것이다.

어쨌든 기가 필요하신 분들은 천산에 꼭 한번 가 보길 권한다. 사실 천산의 기가 아니더라도 웅장한 천산을 보는 것만으로 기운회복에 도움이 된다.

정보통신 용어사전

어느 해인가 삼성그룹 계열사 사장이 아스타나를 방문했는데 일정 가운데 카자흐스탄 정보통신부 장관과의 면담도 포함되어 있었다. 이에 대사관 측에서는 경제업무를 담당하던 내가 참석하게 되었다.

면담은 화기애애한 분위기 속에서 끝이 났고, 우리 대표단이 막 면담장을 나서려는데 장관이 질문을 하나 더 했다. 그 질문의 요지는 이러했다. '조금 전 대화 가운데 한 가지 궁금한 점이 있다. 사장이 통역에게 한국말로 이야기할 때, 그 가운데에는 내가 알아들 수 있는 용어들도 자주 나왔다. 지금 우리 의회에서 카자흐어 사용을 강화하려는 각종 입법이 추진되고 있는데, 그 가운데에는 정보통신 용어도 순수 카자흐어로 변경하자는 목소리가 높다. 이에 대한 한국의 실상을 알고 싶다.'

우리는 외국에서 도입되거나 개발된 기술관련 전문용어의

경우, 주로 영어나 원어로 표현하고 있다고 설명하고, 한국에서 발간되는 정보통신기술 관련 전문사전을 구해서 전달하기로 했다. 그 후 나는 대사관 예산에서 『정보통신 용어사전』 2권을 구입하여 카자흐스탄 정보통신부에 전달했다.

그 후 얼마간의 시간이 흐른 다음, 우연히 정보통신부장관을 조우하게 되었는데 그때 그는 만면에 웃음을 띠면서 우리에게 감사를 표했다.

그 일은 우리의 작은 성의에 불과했지만, 의외로 한 나라의 언어정책에 큰 도움이 되었던 모양이다. 사실 우리나라도 그런 발전과정을 겪었다. 통일부에서 제공하는 남북한 IT 용어만 봐도 그 장관의 고충이 바로 이해된다.

한국 IT 용어	북한 IT 용어
IP 주소	인터네트 규약주소
OS(운영체제)	조작체계
데이터 베이스	자료기지
라우터	경로기
서버	봉사기
메모리 카드	기억기카드
스크롤	화면흘리기, 말기
해커	콤퓨터열중자/콤퓨터침해자
홈뱅킹	가정은행업무
터치스크린	접촉표시화면
클라이언트	의뢰기, 의뢰자

숏다리, 장롱다리

　　몬트리올에서 근무하던 시절, 하루는 아내의 성화에 못 이겨 양복을 한 벌 사게 되었다. 어찌어찌하여 양복은 골랐으나, 나는 작은 키에 비해 어깨가 넓은 편이었고 허리둘레 또한 그랬기에 수선이 필요했다.

　그래서 그 옷을 구입한 집에 바지 수선을 맡겼다. 그런데 그날 저녁, 수선하는 사람으로부터 전화가 왔다. 그는 바지 수선에 들어가기 전에 한 번 더 확인해야 할 사항이 있어서 전화했다면서 '바지에 표시된 대로 수선을 해도 괜찮겠느냐?'고 자꾸 물었다. 나는 처음에 이해를 못해서 '무엇이 당신을 그렇게 불편하게 하느냐?'라고 물어보니 '잘라내야 하는 부분이 너무 길어서, 막상 수선을 시작하기가 불안하다'는 것이었다. 그래서 나는 '걱정 마라. 그대로 수선하면 된다. 내 다리가 아주 짧아서…'라고 말해 줬고 우리 둘은 헛웃음으로 대화를 끝냈다.

　사실 내 몸매는 한국에서도 표준체형이 아니다. 그러니 서양에서는 더더욱 아닐 수밖에 없다. 옷을 내 어깨와 허리 사이즈에 맞추다 보면, 자연히 바지가 길 수밖에 없었고 반드시 그에 따른 수선이 필요했다.

그 일이 있고 몇 년이 흐른 후 모스크바에서 근무하던 시절, 과거 총리를 역임한 분이 포함된 제법 규모 있는 대표단을 위해 마련된 관저 오찬에 참여했다. 오찬 후 이어진 담소 시간에 왜 그 이야기가 나오게 되었는지 기억이 분명하지 않으나, 한참 내 이야기를 듣고 있던 분이 '아, 장롱다리군요!' 라는 것이었다. 다른 사람들은 웃고 난리가 났는데 센스가 좀 늦었던 나는 처음 수 초 동안 무슨 뜻인지 이해를 못하고 멍하니 쳐다보았다. 그것이 손님들을 더 웃기게 만들었다.

나는 바지 길이를 고쳐야 하는 새 옷이 별로다. 그러던 어느 날, 강남역 지하철 어느 출입구에 위치해 있던 중고 아웃렛에서 내 몸에 딱 맞는 양복 윗도리 서너 벌을 샀다. 세월이 흘러 내가 라트비아 대사로 근무하던 중 어느 외교 행사에 그 양복 윗도리를 입고 갔다. 거기서 중국 대사를 만나 옷 안쪽에 쓰인 중국어가 무엇을 뜻하는지를 물어보았다. 중국 대사는 바로 중국식 표현이 아니고 일본식 표현이라 했다.

그 행사에 함께했던 일본 대사와 대사부인에게 한자가 무엇을 뜻하는지 다시 물어보니, 그것은 다름 아닌 그 양복 주인 이름이었다. 그리고 이미 이 세상 사람이 아닐 수도 있으

나는 매일 새로운 항해를 시작한다 〰〰

니 더 이상 입지 않는 것이 좋겠다는 반응을 보였다. 지금까지 맞춤복이든 기성복이든 간에 내 몸에 맞는 옷은 이 옷이 처음인데 어떻게 처리할 수 있겠느냐고 하니까 그들은 그냥 웃었다. 그런데 참 이상하게도 그 일이 있은 후부터 일본 대사와 그 부인은 나를 만날 때마다 너무나 깍듯이 잘 대해 주었다.

나는 다리가 짧다. 그렇다고 짧은 다리를 핑계로 해야 할 일을 하지 않거나 또는 남들은 다 하는데 못 해 보거나 한 것은 없다.

카자흐스탄 고려인

카자흐스탄은 영토 면적이 세계 9위이고 에너지자원이 풍부한 나라다. 그러다 보니 갈 곳도 볼 것도 그리고 할 일도 많았다. 그곳에는 약 10만여 명의 고려인이 거주하고 있었으며, 소수 민족임에도 불구하고, 현지 사회 각 분야에서 두각을 나타내고 있다.

세계한민족문화대전에 소개된 카자흐스탄 고려인에 대한 내용을 인용하면 이렇다.

카자흐스탄에 고려인이 본격적으로 등장한 것은 1937년 스탈린의 고려인 강제 이주 정책의 결과다. 그러나 고려인이 카자흐스탄에 처음 정착한 것은 1928년 중앙아시아에서 벼를 재배하기 위해 연해주의 재러 한인 70가구 300여 명을 초청하여 '카스리스(카자흐스탄의 쌀)' 집단 농장을 조성하면서부터다. 카자흐스탄의 고려인은 1937년 강제 이주 당시 10만여 명이 카자흐스탄에 정착했다. 이들이 정착한 주요 지역은 우슈토베, 크질오르다, 알마티, 카라간다 등 카자흐스탄 전역이었다. 이후 고려인은 카자흐스탄의 소수 민족 중의 하나로 자리 잡았다. 카자흐스탄의 고려인은 우즈베키스탄의 고려인과 마찬가지로 콜호즈를 만들고 열심히 노동하여 카자흐스탄은 물론 소련에서 가장 높은 성과를 올린 대표적 민족이었다. 그 결과 100명이 넘는 고려인이 사회주의 노동 영웅 칭호를 받았다. 카자흐스탄의 대표적인 고려인 콜호즈는 아방가르드와 제삼 인터내셔널이었다.

고려인의 대표적 기관인 고려 사범 대학, 고려극장, 순수한 한글 신문 『선봉』 신문사가 카자흐스탄 크질오르다로 옮겨 왔다. 1938년부터 고려극장은 「춘향전」, 「심청전」 등을 공연하였고, 카자흐스탄과 우즈베키스탄의 고려인들을 위문하기 위한 순회공연을 다녔다. 고려인 신문 『선봉』은 카자흐스탄에서 1938년 5월 15일부터 『레닌기치』로 제호를 바꾸어 발간하였다. 『레닌기치』는 고려인의 소식과 소련 및 국제 사회와 관련한 소식을 알렸으며, 또한 한반도 소식을 전하고, 한반도 통일을 위한 노력도 기울였다.

1991년 소련이 해체되고 독립하는 과정에서 카자흐스탄의 고려인은 많은 어려움을 겪기도 했다. 카자흐스탄은 독립 이후 민족주의 정책을 실시하여 공식 언어를 카자흐어로 결정했다. 따라서 러시아어만을 구사하는 고려인은 사회 진출에 어려움을 겪는 실정이다. 그러나 우즈베키스탄보다는 경제적으로 안정된 카자흐스탄의 고려인은 카자흐스탄 국민의 충실한 일원으로 살아가고 있다.

2012년 5월 나는 대사님을 모시고 카자흐스탄 고려인 협회가 마련한 '카자흐스탄 고려인 정주 75주년 기념 감사비 제막식'에 참석한 바 있다. 이 감사비는 당시 카자흐인들이 어려운 생활환경 속에서 오지의 땅으로 강제 이주하게 된 고려인들을 위해 자신들도 부족했던 빵과 먹을거리를 나누어 준 것에 대한 감사의 마음을 표현하기 위한 것이었다. 이 얼마나 가슴 뭉클한 일인가!

이를 계기로 우슈토베에 있는 고려인들의 토굴 터와 공동묘지를 돌아보고, 우리 정부가 고려인들의 자립을 지원하게 된 비밀하우스를 시찰하기도 했다.

나는 매일 새로운 항해를 시작한다

초대 라트비아 대사

 라트비아는 러시아 북서쪽 발트해 연안에 위치한 인구 약 200만의 아름다운 자연과 뛰어난 전통문화를 간직하고 있는 서유럽 국가 가운데 하나이다. 그리고 우리와 오랫동안 외세의 간섭과 침입을 받고, 외세의 지배로부터 독립한 유사한 역사를 공유하고 있다. 또한, 작은 국토와 자원 부족의 한계를 극복하고 우수한 인적 자원을 기반으로 국가 발전을 이룩한 공통점도 갖고 있다. 특히, 라트비아는 지리적으로 북유럽에 위치하여 스칸디나비아, 서유럽, 동유럽 이웃 국가들을 잇는 역사적인 무역 교차로일 뿐 아니라, 최근에는 5G, ICT 등 과학기술 및 신산업 분야에서도 높은 성장 잠재력을 보유하고 있어 우리와의 협력 가능성 또한 큰 나라이다. 우리에게는 라트비아의 이웃국가인 에스토니아, 리투아니아와 함께 발트 3국으로 더 잘 알려져 있기도 하다.

 우리나라는 1991년 소련으로부터 막 독립한 라트비아와 정식 외교 관계를 수립한 후, 2012년에 이르러서야 발트 3

국 중 최초로 라트비아의 수도 리가에 분관을 개설하게 된다. 이에 라트비아는 2015년 우리나라에 대사관을 개설했다. 우리나라도 2019년 3월 리가분관을 대사관으로 승격시킴으로써, 양국은 마침내 대사급 상주공관을 갖춘 외교 네트워크 구축을 완료하게 되었다.

나는 2018년 2월 마지막 날, 가족들을 데리고 라트비아에 부임했다. 부임 당시만 해도 여전히 분관체제라 외교관은 나 혼자뿐이었고, 나머지는 한국인과 현지인 행정직원들이었다. 그렇게 1인체제로 동분서주하던 중 우리 분관이 대사관으로 승격하게 되었고, 초대 라트비아 대사에 도전장을 내밀었다. 이후 길고도 험난했던 인사검증을 무사히 통과하고 마침내 2019년 11월 11일 자로 초대 라트비아 대사에 임명되었다. 바다에서 뭍으로 상륙한 지, 즉 공무원으로 제2의 인생을 시작한 지 23년 만에 나의 꿈이 마침내 결실을 맺은 것이다.

나는 나의 자연연령이나 그동안의 공직경로 등을 고려할 때, 공관장은 이번이 처음이자 마지막이라는 생각 아래 라트비아 근무 5년 동안 정말 최선을 다해 일했다. 그리하여 공관장으로서 다음 몇 가지 일들을 성취하여 뿌듯한 마음을 갖고 있다.

첫 번째 성취는 두말할 나위 없이 대사관 승격이다. 물론 대사관 승격이 일개 외교관이 풀 수 있는 문제는 절대 아니며, 이는 전적으로 우리 최고 권력자와 정부의 결정사항이었다. 나는 대사관 승격의 최대 수혜자였다고 보는 것이 정확하다.

다음은 한-라트비아 항공서비스협정 체결이다. 협정 발효에 따라 개설된 인천-리가 간 직항노선은 양국 관광산업 발전에 큰 전기를 마련하는 계기가 되었다. 아쉽게도 팬데믹으로 인해 사업이 중단되면서 여느 나라와 마찬가지로 양국 관광객 수 급감과, 최근 러시아-우크라이나 전쟁에 따른 항공권 가격 인상과 러시아 항로 사용 중단 조치는 양국 간 관광협력에 어려움을 더하고 있다. 현재는 양국 청년들의 사회경험을 통한 취업 지원을 위해 워킹홀리데이 협정과 과학기술 분야 협력 확대를 위한 MOU 체결을 준비 중에 있다.

양국 간 협력관계 가운데 빼놓을 수 없는 분야 중 하나가 다자무대에서의 협력이다. 양국은 그동안 UN, WTO, 유네스코 등 다양한 국제기구에서 긴밀히 협력해 왔다. 그중 우리에게 가장 큰 인상을 남긴 협력 사례가 바로 지난해 실시된 WTO 사무총장 선거이다. 당시 라트비아는 헝가리와 함께 유럽연합 회원국의 공동입장이 마련되기 전 단계까지 우리 후보를 지지해 주었다. 이후 우리 정부는 라트비아 정부의 외교정책 최우선 과제 중 하나인 유엔안보리 비상임이사국 진출 선거 상호교환 지지 제의를 수용하면서 서로에 대한 변함없는 우의와 신뢰를 확인했다.

아울러, 공공외교를 통한 우리나라 이미지 개선과 우수한 우리 문화 홍보 및 확산을 위해 대사배 태권도대회, 한국어 말하기 대회, K-pop 행사 등 다양한 스포츠·문화 행사를 개최했다. 특히, 2021년에는 양국 수교 30주년을 기념하기 위해 기존 공공외교 행사와 더불어 로고공모전, 전통공연, 전시회 및 서적 번역 사업 등 다채로운 특별 행사도 열었다.

라트비아 국립미술관 한국어서비스 사업도 빼놓을 수 없다. 이로써 한국어서비스는 이 국립미술관에서 제공하는 몇 안되는 외국어 가운데 하나가 되었다. 라트비아 현지학교 세 곳에 태권도를 정식 체육과목으로 채택하게 한 것도 그 의미가 크다.

라트비아에서는 팬데믹 기간 동안 K-드라마를 위시한 우리 문화에 대한 인지도가 빠르게 상승하였고, 그동안 억눌려왔던 해외여행 수요도 크게 늘어나는 추세를 보이고 있다.

공관장으로서 요구되는 업무자세가 여러 가지 있겠지만, 나는 초대 대사로서 농부가 개간되지 않은 땅에 적합한 씨앗을 선별하고 심고 가꾸는 마음으로 임했다.

코로나 시대 공공외교

내가 공직에 입문한 90년대 이후만 놓고 보더라도 세상은 정말 빠른 속도로 변해 왔다. 특히 정보통신기술(ICT)의 발달은 세상의 많은 것을 바꾸어 놓았고, 그 가운데 하나가 외교의 패러다임 변화이다.

어림잡아 20세기 말까지만 해도 정무·안보외교와 경제·통상외교가 우리 외교의 양대 축이었다면, 21세기에 들어와서는 우리 국력의 신장과 함께 공공외교가 우리 외교의 제3의 축으로 빠르게 부상했다. 물론 이전에도 공공외교가 우리의 주요한 외교 수단의 하나로 활용되었지만 지금 그 비중과 중요도가 크게 높아졌다는 의미이다.

외교 분야도 코로나19 팬데믹 영향에서 예외는 아니었다. 전통적인 외교방식의 하나인 대면외교가 거의 이루어지지 못했기 때문이다.

그럼 라트비아에서 우리나라의 공공외교는 그동안 어떻게

추진되어 왔고, 우리의 활동에 대한 라트비아인들의 반응은 어떠했을까?

나는 리가분관 발령 전까지 한국어와 한국문화에 대한 라트비아인의 관심 정도를 잘 알지 못했다. 그런데 리가에 도착하니 이미 전임자들이 라트비아대학 내에 한국학연구소, 한국어학과와 리가공과대학 내에 세종학당 등 다양한 형태의 공공외교 활동기반을 구축해 놓았고, 이를 통해 현지인들은 한글과 한국문화를 접하고 배울 수 있었다. 내가 부임한 후에는 기존 기반에 리가공과대학 내에 코리아코너(Korea Corner)와 라트비아 국립도서관에 한국도서 전시공간을 설치하여 누구나 쉽게 한국 문화를 접할 수 있도록 조치했다.

또한 나는 앞으로 한류 확산에 현지인의 한국어 배우기 열풍과 그에 따른 분위기 확산이 매우 중요하다는 점을 고려하여, 세종학당의 운영과 활동에 가급적 많은 도움을 주기 위해 노력했다. 특히, 학생들 사이에 한국어와 한국문화를 배우고자 하는 열의가 식지 않도록 수차례의 특강과 장기자랑의 일환으로 직접 노래를 불러 주는 등 최선을 다했다. 그래서 그런지는 분명하지 않지만, 내가 근무하던 기간 리가세종학당에는 학기당 약 150명의 학생이 수강했으며 지금까지 한글뿐 아니라 한식 강의 등 한국문화 소개 역할도 병행하고 있다. 또한 리가 인근 야운마루페 초중등학교에서는 우리 정부의 지원으로 방과 후 수업 형태로 한국어 강의를 진행하고 있다.

라트비아대학 한국어과의 경우 2013년도에 아시아학과 내 세부과정으로 개설되어 2016년도에 첫 졸업생이 배출되었다. 최근에는 중국어과나 일본어과보다 수강생 수가 더 많아지자, 한국어과를 완전히 독립된 학과로 확대 개편하기로 결정했다. 그동안 우리 정부도 국제교류재단을 통해 교원을 파견하고, 국비장학생 초청 프로그램 등을 활용하여 한국학에 대한 관심과 열정이 지속될 수 있도록 노력해 왔다.

또한 한류 열풍의 지속성을 확보하기 위해서는 자라나는 어린이부터 공략해야 한다는 점에 착안하여, 양국 수교 30주년 기념사업의 하나로 단군이야기 등 5권의 전래동화집을 라트비아어로 번역하여 배포하는 한국 전래동화 번역발간 사업을 추진했다. 이는 주재국 고위인사를 비롯한 학부형 및 학생들로부터, 동화책 내용뿐 아니라, 수준 높은 삽화 및 품질 등으로 좋은 반응을 얻었다.

우리는 이 전래동화를 활용하여 라트비아 전국 주요도시 소재 4개 초등학교 3~4학년 학생들을 대상으로 한 독후감 대회를 개최하였고, 이 대회에 약 500명의 초등학생이 참가하는 기대 이상의 성과를 거둘 수 있었다. 이에 대해 어느 고위 인사 중 한 분은, 동화책은 독자인 어린이뿐 아니라 동화

책을 읽어 주는 학부모, 할머니와 할아버지까지 3대에게 한국문화를 간접 경험하게 해 주는 매우 훌륭한 공공외교 수단이라고 평가하기도 하였다.

또한, K-pop과 한국전통음악에 대한 열기도 대단했다. K-pop 월드 페스티벌 지역 예선에서는 그해 처음으로 참가한 라트비아 중학생이 단번에 전 세계 경쟁자를 제치고 본선에 진출하는 쾌거를 이루기도 하였다. 그뿐만이 아니다. 현지 기업이 비즈니스의 하나로 K-pop 커버댄스 대회를 연 2회 개최할 정도로 K-pop이 대중적 인기를 구가하고 있고, 대회마다 100여 개의 댄스 팀이 참가하기도 한다.

특히, 2022년 6월 초 이틀간에 걸쳐 진행된 전통 농악과 현대적인 비보이그룹의 콜라보 공연에는 연이틀 공연장을 가득 메운 관중과 환호에 참석한 라트비아 주요인사(국회부의장, 베요니스 전 대통령 등)들의 반응이 기대 이상으로 뜨거웠다. 그들은 시나브로 라트비아에 스며든 한국문화에 대한 열기와 특히 당일 행사 참석자의 상당 부분이 젊은 층이라는데 놀라움을 표시했다. 이들 10대 사이에 자리 잡은 한국문화에 대한 관심이 향후 양국관계 발전의 원동력이 될 것이라 평가하기도 하였다.

K-드라마와 K-시네마의 인기도 다른 장르에 뒤지지 않았다. 라트비아 넷플릭스에서는 한동안 한국 드라마 수 편

이 동시에 인기 드라마 순위에 오르기도 하였다. 특히 우리의 유명 영화감독이 코로나19로 애석하게 라트비아 현지에서 운명을 달리하였을 때는 자국이 세계적 영화감독을 지키지 못했다고 자책하는 인사들이 있을 정도였다.

그 외에도 우리는 퀴즈온코리아, 한국어 말하기 대회, 한국 방문을 지원하는 언박싱 코리아, 한국영화 주간 등 10개가 넘는 수교 기념행사를 개최했다. 코로나19 팬데믹 와중임에도 불구하고, 어린 학생들부터 학부모, 현지 유명인사들까지 다양한 계층의 많은 인사들이 참여함으로써 한국문화에 대한 관심과 열기를 직접 확인할 수 있었다.

이와 같이 라트비아인들이 우리 문화에 보이는 높은 관심과 사랑은 우리 문화의 우수성과 독창성에도 그 이유가 있겠지만, 그에 못지않게 외국문화와 문물에 대한 라트비아인의 높은 개방성과 수용성도 큰 영향을 미쳤으리라 생각한다. 라트비아와 한국 두 나라는 오랫동안 외세의 간섭과 침입을 받고, 외세의 지배로부터 독립을 쟁취한 유사한 역사를 가지고 있어 국민 정서상 공통점이 많다는 점 또한 이유가 아닌가 싶다.

라트비아가 바라보는
러시아-우크라이나 전쟁

러시아-우크라이나 간 전쟁에서 발트 3국과 폴란드가 우크라이나를 전적으로 지원하는 데에는 그럴 만한 이유가 있다.

역사적으로 발트 3국은 지정학적 전략 요충지였던 관계로 중세시대부터 독일, 폴란드, 스웨덴, 러시아 등 주변 강대국들의 야욕에 줄곧 노출되었다. 2차세계대전 중에는 소련(1940~1941년, 1944~1945년)과 독일(1941~1944년)에 각각 점령되었다가, 이후 1990년까지 소련 점령 아래 놓이게 된다. 소련 점령기간 중 라트비아 내 모든 정당의 활동이 금지되었고, 국유화와 집단농장제가 실시되었으며, 두 차례에 걸쳐 약 6만여 명의 지식인 및 도시 노동자가 시베리아로 추방되는 아픈 기억을 갖고 있다.

이런 역사적 배경으로 인해 라트비아 국민 정서에는 여전히 소련 지배에 대한 반러 감정의 골이 깊게 자리 잡고 있으

나는 매일 새로운 항해를 시작한다 ～～～～

며, 또한 우크라이나에 이어 자국이 과거 역사에서처럼 또다시 러시아의 침공 대상이 될 수 있다는 안보 불안이 상상 이상으로 높은 편이다. 이에 라트비아는 자국 안보의 구심축 역할을 하고 있는 미국·NATO의 대러 제재에 적극적으로 동참하여 책임 있는 국제사회의 일원으로서 역할을 하고자 하는 의지가 대단히 높은 나라가 되었다.

그런 가운데 2022년 2월 러시아의 우크라이나 침공사태가 발발하자, 라트비아는 잠시의 머뭇거림도 없이 러시아에 대한 즉각적이고 강력한 규탄성명 발표와 더불어 EU 등 국제사회의 대러시아 제재 조치에 적극 동참했다. 또한 자체적으로도 대러 제재 조치의 일환으로 외교관 맞추방 조치, 러시아어를 통한 교육중단, 러시아 TV 송출중단, 러시아산 가스 수입중단에 관한 에너지법 개정안 승인, 라트비아 정교회의 러시아 정교회로부터 독립, 소련 전승기념탑 해체와 러시아 국민대상 비자발급 중단 등 일련의 조치들을 폭풍이 몰아치듯 하였다.

더 나아가, 발트 3국과 폴란드는 우크라이나 내 러시아의 전쟁범죄 책임을 묻기 위한 국제재판소 설립 및 러시아산 에너지 구입금지 등 더 강력한 제재를 통해 러시아를 압박해야 한다는 공동입장을 견지해 오고 있다.

이와 더불어 우크라이나에 대해서는 EU 가입지지 성명발표, 국가보안법 개정을 통한 자국민의 참전허가, 난민수용 및 군사적·인도적 지원 등 적극적인 지원에 발 벗고 나서고 있다.

나는 매일 새로운 항해를 시작한다 ~~~~~~~~

라트비아에서 알게 된 것들

지금 생각해 보면 나는 참 복이 많은 사람이다. 2018년 5월, 내가 막 라트비아 리가분관장으로 부임하던 그 해가 마침 5년마다 개최되던 '노래와 춤 페스티벌'이 있던 해였다. 이 축제는 한 편의 대서사시였고 드라마였다. 나는 이 축제를 통해 라트비아의 역사, 문화, 전통과 그들의 민족정신을 느끼고 배울 수 있었으며, 이후 근무하며 발생하는 다양한 질문과 의문의 해답을 이 행사에서 찾았다.

특히 2018년은 라트비아 공화국 수립 100주년을 기념하는 해였기에 4만여 명의 댄서와 1만 6천여 명의 합창단원이 참가했으며, 7월 일주일 동안 라트비아의 수도 리가를 아침부터 자정까지 신나는 축제의 장으로 바꾸어 놓았다.

우리말에 한 가지를 보면 열 가지를 알 수 있다는 말이 있듯이, 이 행사는 수 세기에 걸친 주변 강대국의 침탈과 지배의 역사 속에서도 그 세력에 완전 동화되지 않고, 현재까지 독자언어, 전통의복, 문화예술 등을 계승·발전시켜 오고 있는 라트비아인의 참모습을 볼 수 있는 계기였다.

나는 라트비아대사 재임기간 중 현지 지도층 인사들과의 관계구축을 최우선 과제로 정하고 이에 매진했다. 그 실행방 안으로 먼저 주재국 정부 주최 행사는 가급적 모두 참석하려 고 노력했다. 주말 지방도시에서 개최되는 행사에도 모습을 드러내면서 행사 주최 측에 감동을 선사했다. 그다음은 우리 가 주최하는 각종 행사에 지도층 인사들을 초대하는 형태였 고, 거기에는 대사관저 오찬 및 만찬, 대사관 주최 문화행사 초대 등 다양한 방식이 포함되었다.

그런 행사에 나는 관저를 많이 활용하는 편이었다. 우리 관저는 다른 이웃 나라 관저들보다 크거나 화려하지는 않았 지만, 시내 중심가에 위치하고 있어 접근성이 매우 좋았다. 그러다 보니 재임기간 동안 우리 대사관저에는 4명의 전직 대통령이 적게는 한 차례에서 많은 경우 수차례에 걸쳐 다녀 갔고, 현직 의회부의장, 부총리, 장관, 청장 등 다수의 고위급 인사들도 기분 좋게 다녀가는 라트비아의 명소가 되었다. 그 리고 김치마스터스 클래스, 교민간담회, 기업인간담회에도 나는 아낌없이 관저를 개방했으며 한국 문화 애호가들을 초 대하기도 했다.

외교단 내에서도 인기가 높았다. 우리 관저는 작금의 국제 안보 정세에도 불구하고 한반도 주변 4강 대사들이 함께 모여 주재국 국내외 정세와 더불어 지역 및 세계정세에 대해 토론하는 마당 역할도 하였다. 물론 나의 전공지역인 러시아·CIS(독립국가연합) 지역 출신 대사들도 알뜰하게 챙겼다.

나는 라트비아어를 잘 못한다. 처녀가 아이를 낳아도 할 말이 있듯이 나에게도 그럴 만한 이유가 여럿 있다. 물론 열정과 언어능력 부족도 그 이유이지만 당시만 해도 그곳에는 여전히 러시아어가 일상생활과 주요 비즈니스 언어로 통용되고 있었기에 큰 불편함이 없이 업무에 임할 수 있었다.

그런 나의 라트비아 생활에 의미 있는 변화를 불러오게 된 계기는 리가세종학당 수료식 참석이었다. 당시 수료식 행사 가운데 하나가 우리말 겨루기 대회였고, 대회 참석자 대부분이 한국말을 배우기 시작한 지 많아야 1~2년 정도였는데도 불구하고 한국말을 정말 잘했다. 나는 그들의 우리말 실력에 감동한 나머지 '다음 수료식 축사는 반드시 라트비아어로 하겠다'고 약속을 해 버렸다. 그 약속 이후 크고 작은 행사에서 라트비아어를 사용하기 시작했고, 이에 대한 현지인들의 반응은 긍정적이었다. 특히 학생들의 반응이 정말 좋았다.

무엇이든 처음 시작이 힘들지 한번 시작하면 그다음부터는 특별한 일이 없는 한 부담이 조금씩 줄어드는 것이 이치이다.

가장 기억에 남는 행사는 2022년도 국경일 리셉션 축사였다. 그해 축사는 참석 귀빈들의 구성을 고려하여 라트비아어와 영어로 준비했는데, 축사가 끝나자 많은 분들이 나에게 다가와 엄지척을 하거나 함께 사진 찍기를 원했다. 요즘 표현으로 그날만은 핵인싸가 되었다. 특히, 그 자리에 함께한 의회 부의장, 정보기관 수장 등 다수의 인사들이 칭찬을 아끼지 않았다. 또한, 동료대사들은 앞으로 자신들의 행사도 라트비아어로 하게 생겼다면서 농담을 던지기도 했다. 특히 독일대사는 행사 이후 나를 만날 때면 그때 그 축사가 매우 인상 깊었다고 말하곤 했다.

라트비아에서 나의 마지막 공공외교 활동은 라트비아어 이임사를 동영상으로 제작하여 대사관 홈페이지와 페이스북을 통해 전달하는 것이었고, 이에 대한 반응 또한 아주 좋았다.

나는 가정사든 국가 간의 대사든 모든 일에 성심성의를 다해 임할 경우, 우리가 기대하는 것 이상으로 큰 성과를 가져올 것이라고 굳게 믿고 있다.

반려동물과 함께하는 외교

우리 집 반려견의 이름은 봉봉이다. 막내아들과 함께 며칠을 고민해서 지은 이름이다. 봉봉이는 눈이 특히 매력적이다.

2020년 여름, 나는 막내아들의 간곡한 요청에 못 이겨 반려동물 한 마리를 입양하기로 하고 여러 날에 걸쳐 물색하던 중 눈이 아주 매력적인 녀석을 발견하게 되었다. 며칠 후 녀석은 우리 가족의 일원이 되었다.

봉봉이가 우리에게 온 지 몇 달이 지나지 않아 코로나19가 전 세계를 휩쓸기 시작했다. 내가 근무하던 라트비아도 코로나19 팬데믹이라는 태풍의 영향권에서 벗어나지 못했고, 그해 가을 전국에 걸쳐 국가비상사태가 선포되고 급기야 통금조치까지 발령되었다.

통금시간은 밤 10시부터 다음 날 새벽 5시까지였는데, 통금 예외 조항 중 하나가 바로 반려동물과 산책하는 경우였다. 이 얼마나 절묘한 조화인가! 나는 우리 봉봉이와 매일

10km 이상 걷는 것을 목표로 하고 이를 실천해 나갔는데, 이는 코로나19 팬데믹 시국을 버텨 나가는 데 정말 큰 도움이 되었다.

봉봉이는 우리 가족에게 단순히 신체적 건강만 가져다준 것이 아니라, 정신적 건강과 특히 나의 공공외교 활동에도 많은 도움을 주었다. 어떻게 반려견이 공공외교 활동에 도움을 줄 수 있지? 라고 궁금해할 것이다. 나는 가능한 한 하루 세 번, 즉 아침 5시, 점심 후 짧게, 그리고 저녁 시간에 산책을 했다. 상상이 될지 모르나, 반려견과 산책을 하다 보면 이곳저곳에서 다양한 견주들과 조우하게 되고, 서로의 종교, 피부색, 성별에 관계없이 비교적 쉽게 친구가 될 수 있다. 그 가운데는 현지의 명망 높은 인사들도 다수 있어 가끔은 비공식적으로 고급정보를 획득할 수 있는 계기가 되기도 했다. 더더욱 좋았던 점은 일반시민들과의 자연스러운 교류였다. 그들의 삶과 생각을 여과 없이 보고 느끼고 그리고 맛볼 수 있는, 잊을 수 없는 시간이었을 뿐 아니라 우리나라의 이모저모를 소개하는 리얼 공공외교의 장이기도 하였다.

그들 가운데 가끔 나에게 이렇게 말하는 사람들도 있다. '버려진 생명을 구해 주었으니 당신은 참 좋은 사람인 것 같군요!' 그러면 나는 이렇게 단호히 대답한다. '절대 아니다. 내가 이 아이를 구해 준 것이 아니라, 사실은 이 아이가 나를 구해 주었다'라고 말이다.

봉봉이는 지금 지구 반 바퀴를 돌아 세종에서 우리와 함께 하고 있다.

에필로그

    나도 편안함과 달콤함을 좋아한다. 그러나 나에게는 도전, 탐험, 격랑 등의 단어가 더 잘 어울리는 것 같다. 우리의 삶이 다 비슷비슷하겠지만, 나의 삶은 여타 한국인 못지않게 도전과 응전의 연속이었다.

    나는 오늘 다시 가방을 메고 동토의 대륙, 러시아 시베리아로 떠난다. 목적지는 이르쿠츠크다. 부임길도 순탄하지 않고 뭔가 꾸불꾸불하다. 우크라이나와의 전쟁으로 인해 러시아로 바로 가지 못하고 몽골 울란바토르를 거쳐 부임하게 되었다.

    나는 지난 30여 년간 러시아·CIS 지역과 인연을 맺어 오면서 다양한 일들을 겪고 소화했지만, 시베리아 근무는 나에게 또 다른 호기심을 주기에 충분했다. 물론 나도 인사의견서를 낼 때 따뜻하고 아늑하게 느껴지는 공관의 공관장 자리에 주로 지원했고, 마음속으로도 그렇게 되기를 빌었었다.

그러나 그런 기도를 하는 가운데도 늘 내 마음속에는 '하느님이 보시기에 제일 합당한 곳에 보내 주십시오'라는 마음이 있었다. 그래서 나는 본부 인사과에서 이르쿠츠크 총영사 제의가 오자마자 두말없이 그 제의를 받았다. 그것이 내 인생에 또 다른 대전환을 가져올 촉매제라 믿었기 때문이다.

내가 부임하는 이르쿠츠크 총영사관은 러시아 시베리아 연방관구 소재 10개 연방 주체(이르쿠츠크주, 노보시비르스크주, 옴스크주, 톰스크주, 케메로보주, 알타이공화국, 투바공화국, 하카시야공화국, 크라스노야르스크지방, 알타이지방)와 극동 연방관구 소재 3개 연방 주체(사하공화국, 부랴티야공화국, 자바이칼지방) 등 13개 연방 주체를 관할하고 있다. 관할 면적은 러시아 전체 면적의 48%인 822만km²으로 한반도 전체 면적의 약 37배에 이른다.

특히, 우리의 관할지역은 러시아 국부의 원천인 에너지 자원의 보고이자, 동서양을 잇는 교통물류의 중심 회랑(Transport and Logistics Core Corridor)이다. 그 외에도 아름다운 자연과 전통문화가 조화롭게 발전하고 있는 관광 요충지일 뿐 아니라, 과학기술을 선도하고 있는 지역이기도 하다.

나는 재임기간 중 관할지역의 이와 같은 특징과 장단점을 활용한 다양한 협력 사업을 발굴해 나가고, 기존 협력 사업들이 더욱 번창해 나갈 수 있도록 측면 지원을 강화할 예정이다.

그리고 재외국민의 안전을 영사분야 최우선 과제로 삼고, 영사 민원서비스의 질을 지속적으로 향상시켜 나가도록 할 것이다. 아울러, 한국과 러시아 양국 간 관계가 한층 더 공고해질 수 있도록, 주 정부와 의회 등 지방 정부인사, 경제계 주요인사, 연구기관 및 언론사 등 여론 주도층과의 교류와 협력도 더욱 강화해 나갈 것이다.

우리 총영사관의 활동에 많은 관심과 성원을 부탁드린다. 그리고 다음에 좀 더 흥미롭고 생활에 도움이 되는 내용으로 다시 만나길 바란다.

나는 매일 새로운 항해를 시작한다

나는 매일 새로운 항해를 시작한다

초판 1쇄 발행 2023년 8월 21일

지은이 한성진
펴낸이 강수걸
기획실장 이수현
편집장 권경옥
편집 이선화 강나래 신지은 오해은 이소영 김소원 이혜정
디자인 권문경 조은비
펴낸곳 산지니
등록 2005년 2월 7일 제333-3370000251002005000001호
주소 부산시 해운대구 수영강변대로 140 BCC 613호
전화 051-504-7070 | 팩스 051-507-7543
홈페이지 www.sanzinibook.com
전자우편 sanzini@sanzinibook.com
블로그 sanzinibook.tistory.com

ISBN 979-11-6861-165-8 03810